相《あい》沢《さわ》千《ち》夏《なつ》
航平の幼馴染。
春休みに航平をフったのだが……。

広《ひろ》瀬《せ》航《こう》平《へい》
幼馴染にフラれて意気消沈していたところに春香と出会う。
蓮《はす》池《いけ》春《はる》香《か》
愛犬・ピースケを助けてくれた航平と仲良くなる。

月 日（ ）

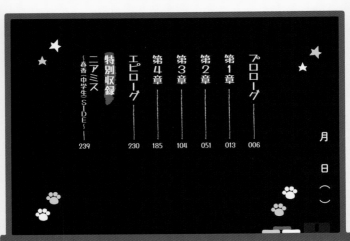

子犬を助けたらクラスで人気の美少女が俺だけ名前で呼び始めた。「もぅ、こーへいのえっち……」1

マナシロカナタ

BRAVENOVEL

【プロローグ】

「ごめん、航平《こうへい》のことは好きとか嫌いの対象に思えないから」

流れるようなサラサラの黒髪をかき上げながら、幼馴染の相沢千夏《あいざわちなつ》が告げた思いもよらない返答に、

「え——」

俺は思わず呆けたような声をあげてしまった。

「航平とは昔から一緒にいるのが当たり前で、もう家族と一緒っていうか。ほら、家族とは恋愛や結婚はできないよね？」

「それは、そうだけど……でも」

「航平の気持ちもその延長線上じゃないのかな？　恋愛って、人を好きになるって、そういうんじゃないと思うんだ」

「えっと……」

「それに背は低いし、顔もパッとしないし、家ではいつもジャージだし」

「うぐっ……」

「サッカー部は最後まで補欠だったし、あとちょっと子供っぽいし」

「あ、はい……」

「だからごめんね航平。航平の気持ちは嬉しいけど、今まで通りの関係でいこう？」

「――――」

「別に航平のことが嫌いってわけじゃないから」

「ああ……うん…………わかってる」


中学三年の春休み。

高校進学を前に、幼馴染の相沢千夏との関係を一歩進めようと勇気を振りしぼった俺――広《ひろ》瀬《せ》航平《こうへい》の初恋は。

こうして見事なまでに、粉みじんに砕け散ったのだった。


…………

……


とまぁ俺の初恋は、かくも無残に終わったんだけどさ。

実を言うと本当に辛かったのはそこからだったんだ。

俺と千夏とはただの幼馴染ではなく家が隣同士であり、お隣さんとして家族ぐるみの付き合いがあったからだ。

俺は小さかったから覚えてないんだけど、俺の両親と千夏の両親は、今の家がある地区が新興住宅地として開発された時にほとんど同時に引っ越してきたらしい。

そして同世代の隣人ということで両親たちはすぐに仲良くなって。

だから当然俺も、物心がついた時には既に千夏が一緒にいるのが当たり前という環境で育ってきたのだ。

しかも千夏の家は両親共働きだったから、夕飯をうちで一緒に食べることが多かった。

するとどういうことが起こるのか。

振られた当日の夜、うちで千夏と一緒に晩ご飯を食べた時、俺はもうつらくてつらくて気が狂いそうだった。

正直何を食べたかなんてちっとも覚えていない。

ただひたすらに張り裂けそうな心を繋ぎとめて、泣かないようにやせ我慢するだけで精いっぱいだったから。

しかも何が辛いって、

「航平、お醤油取って？」

「航平、ご飯粒ついてるよ……はい、取れた」

千夏がまるで何事もなかったかのようにいつも通りに振る舞っていたことが、俺には一番辛かったんだ。

ああ、本当に俺のことなんて何とも思っていないんだなっていうのが、これでもかってくらいに伝わってきてさ。

俺はその夜、ベッドの中で一晩泣き明かしてしまった。

しかも情けないことに、振られたっていうのに千夏とのいろんな楽しい思い出が俺の頭の中を未練たらしく駆け巡っていくのだ。


『なぁなぁ千夏。ちょっと聞いて欲しいことがあるんだけどさ？』

『もちろんいいけど、わざわざ改まってどうしたのよ航平？』

『ふふん。実は俺、リトルリーグでレギュラー獲ったんだ。三番でショート。鳥谷《とりたに》と同じだぜ？　しかも四年生でレギュラーになったのは俺だけなんだ。な、すごくね？』

『それはすごいじゃない。おじさんもおばさんも大の野球ファンだし、航平がレギュラーを獲ったって聞いたら、それはもう喜んでたでしょ？』

『まあな。それで今度の日曜に公式戦の試合があるからさ、千夏も見に来てくれないかな』

『うーん。私、野球のルールはよくわからないのよね』

『そんな難しくないってば。アウト三つでチェンジで、あとは投げて打って走るだけだっての。それで最後に点が多いほうが勝ちなんだ。な、簡単だろ？』

『私はどっちかっていうとサッカーのほうがシンプルでわかりやすくて好きかなぁ』

『……そっか、千夏はサッカーが好きなのか』

『どうしたの？』

『あ、いや。なんでもない』

『……？　とりあえず今度の日曜日よね。航平のデビュー戦なんでしょ？　せっかくだし応援に行くわね』
『へへっ、サンキュ！　見とけよ、千夏の前ででっかいホームランを打ってやるからな！』
結局その試合はホームランこそ打てなかったものの、俺の走者一掃の三点タイムリーヒットで大逆転サヨナラ勝ちをしたんだっけ。

『航平、今日は一緒にお風呂に入りましょ』

『やだよ、風呂くらい一人で入るっての』

『そんなこと言っても、ついこの間までずっと一緒に入ってたじゃない。今さらでしょ？　洗いっこしましょ？』

『あのな、俺たちもう五年生だぞ。いつまでも女子と一緒に風呂なんか入れないっての！』

『航平、顔赤いわよ？　もしかして恥ずかしがってる？』

『そ、そりゃ恥ずかしいに決まってるだろ……だってその、ち、千夏はすごい綺麗だし……む、胸とかも大きくなってきてるしさ……』

『ごめんなさい、途中から声が小さくてよく聞こえなかったの。もう一回言ってもらってもいいかな？』

『～～っ！　ああもうわかったよ！　一緒に入ればいいんだろ一緒に入れば！　千夏が言ったんだからな！』

『なんで急に怒ってるのよ？　変な航平ね』

それ以来断ったら負けたような気がしてしまい、中学に入っても俺と千夏は時々一緒にお風呂に入っていた。

『航平、これからちょっとの間、生徒会の仕事を手伝ってくれないかな？』

『別にいいけど。にしても大変だな毎日。受験勉強もしないといけないのに、夏休み前から秋の文化祭の準備をしないといけないだなんて』

『生徒会長を任された以上は、しっかり役目を果たしたいからね』

『相変わらず千夏は真面目だよなぁ』

『それに航平が手伝ってくれるなら百人力だし』

『おうよ！　俺に任せとけって、他でもない千夏の頼みだからな。それに最近勉強ばっかりでちょっと疲れてたから、気分転換にちょうどいいし』

『最近は勉強頑張ってるみたいだね。三年生になってから成績がぐんぐん上がってるっておばさんが喜んでいたわよ？　志望校のランクも上げられそうだって』

『高校も千夏と一緒のとこに行きたいからな』

『じゃあ手伝ってくれるお礼ってわけじゃないけど、よかったら勉強を見てあげようか？』

『いいのか？　だって千夏は生徒会で忙しいんだろ？』

『作業のない日とか合間にちょこちょこ見るくらいなら全然問題ないから』

『さすが学年トップは言うことが違うな。そういうことなら、よろしく頼むな千夏先生』

『もう、そういうのはやめてよね』

『了解』

その後、学年トップの千夏に勉強を見てもらった俺はさらに成績を上げ。

千夏が受験した学区トップの公立高校に、俺も見事に合格したんだ。

そして幸福の絶頂にいた俺は、直後の春休みに満を持して想いを伝え——完膚なきまでに玉砕した。


「ああ、懐かしいな……何もかもがほんと懐かしい……」

俺の中には千夏との素敵な思い出がいっぱいだった。

そして千夏との思い出はこれからももっともっと増えていくんだって、俺は何の根拠もなく漫然と思い込んでいたのだ。

「あの頃の俺は夢と希望に満ち満ちていたよな……世界が輝いて見えてた……」

しかし今は違う。

俺の世界は光すら拒むブラックホールのような、分厚い暗黒の帳に覆われていた。

それからも振られた幼馴染と過ごす中学最後の春休みは、俺の心を容赦なくえぐり切り刻んでいった——。

【第1章】

■4月6日■

そして迎えた高校の入学式。

校舎の入り口に張り出されたクラス分けを見た俺は、

「よかった、一組と六組だから端と端だ……」

ただただ千夏とクラスが離れたことに安堵していた。

新たな門出を迎えた晴れやかな気分なんてものは微塵もない。

千夏が一年一組。

俺は一年六組。

その事実にひたすらホッとする。

「少なくともこれで学校で顔を合わせる確率は、ゼロとは言わないけど格段に低くなったよな……」

そしてそんな風に後ろ向きな思考でずっと暗い顔でうつむいていた俺に、話しかける相手なんどいるはずもなく（同じ中学の奴らは全員別のクラスだった）。

俺は今、一人でトボトボと自宅への帰り道を歩いていた。

既に日は傾き始めていて、周囲に俺と同じ制服姿は見当たらない。

「ま、それも当然か……」

始業式のように学校が早く終わる日は、家に帰ると千夏と顔を合わせる可能性が極めて高い。

なので俺はしたくもない寄り道をしてひたすら時間をつぶしていたのだから。

夢描いていた幼馴染との心躍る高校生活が入学前に破綻した俺にとって、

「なんかもう高校とかどうでもいいや……」

これが今の素直な心境だった。

「このご時世、大学進学くらいはしておきたいから最低限やることだけはやって。あとは幼馴染に振られた哀れなミジンコらしく、学園カーストの最底辺で空気のように三年間をやり過ごそう……」

そうだ。

大学は東京じゃなくて、千夏のいない関西の大学でも受験して一人暮らしをしようじゃないか。

そして心機一転、大学デビューをするんだ。

うん、それがいい、我ながらナイスアイデアだ。

「そのまま関西で就職すれば、この苦い思い出ともおさらばできるはず」

なんてことを考えながら亀のように遅い歩みで歩道を歩いていると、ふと、道路脇の植え込みに子犬がいるのが目に入った。

もふもふ可愛い、小さな柴犬の子供だ。

首輪とリードは付いているものの、リードの先に飼い主は見当たらない。

「お前も逃げ出したんだな。ははっ、俺と一緒で現実が嫌になったのか？　なんてな、はぁ……」

俺はため息交じりに自嘲気味にそうつぶやくと――ちょうど子犬が俺の進行方向にいたこともあって――その子犬を何とはなしに歩きながら見ていたんだけど。

「おい、ちょっと待て――っ!?」

なんとその子犬が今にも車道に飛び出そうとしていたのが、俺の目に映ったのだ――！

この道路は片側二車線あって交通量もかなり多い。

しかし子犬はそんなことは何もわかっていないんだろう。

車がビュンビュン走っているのを気にも留めずに、今にも道路に飛び出そうとしていて――！

「ばっか野郎！　うおぉぉぉっっっっ!!」

いくら俺の心がやさぐれてるといっても、これを見過ごすのはさすがに寝覚めが悪すぎる！

俺はサッカー部で鍛えた50ｍ６秒７の俊足を活かして、全力疾走で子犬に走り寄ると、

「ギリセーフ！」

すんでのところでリードを掴んで強引に引っ張った。

キャウン！

急にリードを引っ張られた子犬が抗議の鳴き声をあげる。

でも車にひかれてぺしゃんこになるよりはマシだと思ってくれ！

俺は車道に身を乗り出していた子犬をそのまま引っぱり上げると、逃げないようにしっかりと抱きかかえる。

見知らぬ俺に抱きかかえられた子犬は、最初こそキャンキャン鳴いて抵抗をしていたものの、

「ほーらよしよし、いい子いい子。別に酷いことなんてしないから、ちょっと落ち着こうな？な？」

俺が優しく声をかけながら撫で続けていると、害意がないとわかったのか次第に落ち着きを取り戻していった。

子犬が大人しくなったことで俺もようやく一安心する。

――と、そこへ、

「ピースケを助けていただいてありがとうございました！」

すぐそこにある横断歩道を渡って、道路の反対側の歩道から女の子が一人、信号が青になった途端に走り寄ってきた。

声をかけてきたのは俺と同い年くらいの、少し茶色がかったゆるふわウェーブした髪がおしゃれ可愛い女の子だった。

上はTシャツにパーカー、下はプリーツスカートにスパッツ。

足元は空色のスニーカーと、犬の散歩にちょうどよさそうな服装をしている。

ピースケと呼んだ子犬を俺から受け取った少女は、

「ピースケを助けていただいて本当にありがとうございました！」

改めて元気よくそう言うと勢いよく頭を下げた。

「ああうん、ほんとたまたまだからそんなに大げさにしないでくれていいよ」

「でも――」

「まあなんだ、何があったかは知らないけど、子犬のリードは離しちゃダメだぞ？」

「ですよね。実は急に大きな犬に吠えられてビックリして逃げちゃったんです」

「なるほど、そういうことか」

「まだ小さいんだから、わたしが気を付けないといけなかったのに。危ない目に遭わせちゃってごめんね、ピースケ」

どうやらすごく素直ないい子みたいだな。

ってことはいちいち余計なことは言わないほうがよさそうだ。

「ちゃんとわかってるならいいよ。とりあえず今回はその子が無事でよかったってことで」

「あの、お礼を――」

「別にいいよお礼なんて」

俺はお礼なんてされるような、そんなたいそうな人間じゃないから。

物心ついた頃から一緒だった幼馴染にすら振られてしまう、ただの哀れなミジンコなんだから……はぁ。

「でもでも助けていただいたわけですし——って、あれ？　その制服……？　えっと、あなたって広瀬くんだよね？」

「……なんで俺の名前を知ってるんだよ？」

見ず知らずの女の子から突然名前を呼ばれてしまった俺は、困惑を隠せずに聞き返した。

「なんでって同じクラスじゃん？　今日会ったばかりでしょ？　あ、もしかして一卵性の兄弟だったり？」

だけど女の子の口調はさっきまでの丁寧だけどちょっと他人行儀なものとは打って変わって、同世代の知り合いに対するフランクなものへとすっかり様変わりしていた。

「いや俺は普通の一人っ子だよ」

「じゃあやっぱり広瀬くんだよね。下の名前は……こーへい、だっけ？」

「ああうん、広瀬航平だけど、下の名前までよく覚えてるんだな？」

「あはは、ちょっとだけ目立ってたからね。ねぇねぇ、わたし蓮池春香《はすいけはるか》。一緒のクラスなんだけど覚えてないかな？」

言いながら女の子——蓮池さんは自分の顔を指差した。

「えっと……ごめん。実は覚えてない。今日はその、ずっと考えごとをしてたから」

「だから教室でもずっと一人で静かにしてたんだね。ホームルームで自己紹介した以外は、うつむいたままで誰とも話さないからちょっとだけ気になってたんだ」

なるほど、目立ってたってのはそういう意味でか。

「入学そうそう余計な心配をかけて悪かったな」

「？　なんで広瀬くんが謝るの？　むしろ広瀬くんはピースケを助けてくれた恩人なのに。ほんとありがとうね！　その、すごく、か、カッコよかったし。白馬の王子様みたいで——ってナニを言わせるのかな!?」

「俺はナニも言わせてねーよ……」

蓮池さんの話をただ静かに聞いていただけなのに、冤罪も甚だしい。

「あ、そうだ。なにかお礼でも——」

「だからお礼はいいってば。その子が——ピースケが無事でよかったよ。おいピースケ、優しいご主人様にもう迷惑かけちゃいけないぞ？　ビックリしても勝手に逃げちゃだめだからな？」

言いながら俺が頭を優しく撫でてやると、蓮池さんの腕の中でピースケが嬉しそうに目を細める。

それを見つめる蓮池さんがすごく嬉しそうで。

その素敵すぎる笑顔が悲しみに変わらずに済んだことに、俺はホッと一安心したのだった。

その後、俺に代わってピースケを撫で始めた蓮池さんをしばらく眺めてから、

「じゃあ俺はそろそろ帰るから」

俺はそう切り出した。

「あれ？　そういえば広瀬くんの家ってこの辺りなの？　っていうかこんな時間なのになんでまだ制服なの？　もしかして制服が私服な人？」

「制服が私服の人ってどんな人だよ。ちょっと寄り道をしてて帰りが遅くなっただけだから」

「あはは、だよね」

「俺んちはすぐそこなんだ。このまま道なりに行った先に大きな川があるだろ？　あれを渡ってすぐのところ、もろ川沿い。ちなみに大雨の時はめちゃくちゃうるさい」

「わ、奇っ遇！　わたしの家、あの川のこっち側の川沿いなんだ。台風の後とかは川の音がすごいよね、ゴゴゴゴ！　って感じで」

「だよな！　夜とか寝れないもんな」

「うんうん！」

「……って、んんっ？　ってことは俺んちと目と鼻の先じゃないか？　俺、蓮池さんのこと全然知らなかったんだけど」

「あの大きな川って小中学校の学区の境目だから、今まで接点がなかったんだね、きっと」

「そういうことか」

俺の家は川を挟んで東側の学区の、西の端。

そして蓮池さんの家は西側の学区の、東の端だったというわけだ。

中学生にとって学区が違えば接点がない——どころか世界が違うと言っても過言じゃない。

それこそ月と地球ってくらいに住む世界が違っているから、こんなご近所だったにもかかわらず、俺たちは今日の今日まで知り合うことがなかったわけだ。

「じゃあせっかくだし途中まで一緒に帰ろうよ？」

俺が断るとは微塵も思っていないのか、ピースケを地面に下ろして歩き始めた蓮池さんの、その隣に並ぶようにして俺も歩き出す。

「ああ、うん。蓮池さんってさ──」

「春香でいいよ？　みんなそう呼ぶし」

「そうか？　じゃあ……春香」

俺は物心ついた時にはもう千夏という女の子の幼馴染がいて、そこからずっと一緒に育ってきた。

なので女の子を下の名前で呼ぶことにそこまでの抵抗はない。

ただ、それでも。

初対面の女の子を下の名前で呼ぶとなると、さすがに少し気後れしなくもなかった。

なんだかんだで微妙なお年頃というやつである。

蓮池さん──春香はかなり可愛いし。

しかも、だ。

「なーに、こーへい？」

「えっ？」

なんと俺も春香から、下の名前で呼ばれてしまったのだ。

「えっ、て……あ、その反応！　もしかしてわたしのことは名前で呼んでも、俺を名前で呼ぶのは許さないぜ、的な？　こーへいは実は亭主関白タイプだったり？」

「そんなことはないよ、単にいきなり名前で呼ばれたからビックリしただけ。あと亭主関白は、ちょっと意味が違うんじゃないかと思う」

「え、そうかなぁ？」

「そうだろ？」

「ふーん。ならそういうことにしとくね♪　今日はピースケの命の恩人のこーへいを立てる日だから」

春香が茶目っ気たっぷりに言いながらウインクをする。

でもあんまり上手くなくて、ほとんど両目をつぶっていた。

それはそれで一生懸命感があってほほえましかったんだけど。

「だからそんなの気にしないでいいってば」

「そっちこそ遠慮しない遠慮しない♪」

――とまぁ、そんな感じで気さくに話しかけてくる春香とおしゃべりしているうちに、

「あ、わたしの家ここだから」

俺たちは『蓮池』というちょっとおしゃれな感じの表札がかかった一軒家の前にたどりついた。

「うわ、ガチでご近所さんだったんだな。ちなみに俺の家はあそこだ。川を挟んだちょうど向

かいの、二階に布団を干している家」

「すごっ、ほんと川を挟んだ向かい側じゃん!?　見えてるよ？　すごい偶然《ぐーぜん》！」

「だろ？　俺もマジでビックリした」

「えへへ、じゃあこれからよろしくね、クラスメイトでお向かいのこーへいくん♪」

「そっか、そうだよな。俺たちって川を挟んだお向かいさんなんだな」

大きな川なのでかなり距離はあるけど、たしかに俺たちは「お向かいさん」だった。

「それと早く布団を取り込んでおかないと湿気ちゃうよ？」

「思ったよりも寄り道しすぎてさ。帰ったらすぐ入れるよ」

それだけさっきまでの俺は、家に帰りたくなくて帰りたくなくてしょうがなかったんだろうなぁ。

「うんうん、それがいいよ。でもこーへいが元気出たみたいでよかった。何があったか知らないけど、話をして少しは気が晴れた感じ？」

「あ――」

言われて俺は、今の自分がさっきまでの暗い気持ちをもうほとんど感じていないことに、今更ながらに気がついた。

完全にゼロというわけではないものの、むしろ今の気持ちを表すなら――楽しい、だ。

いつの間にか暗い気持ちがだいぶ薄れていた俺を見て、春香がニッコリと笑う。

「明るいほうがいい感じだよ？」

「サンキュ。あと気を使ってくれてありがとな」

「どういたしまして。じゃあまた明日、学校でね♪」

「ああ、また明日な」

「ばいばい♪　こーへい♪」

「ばいばい、春香」

春香が元気良く手を振りながら、ピースケを連れて自宅の中へと入っていく。

春香と別れることになんとも言えない寂しさを感じてしまった俺は、その後ろ姿が完全に見えなくなるまで手を振って見送り続けた。


春香を見送った後、大きな川にかかった橋を渡りながら、

「……可愛い子だったな」

俺は小さくつぶやいた。

「顔が可愛いってのもあるけど、明るくて人懐っこくて。それに笑った顔が素敵で、話しているだけでいつの間にか楽しい気分になってたし」

春香はそんな不思議な魅力を持った女の子だった。

「同じクラスだって言ってたよな。春香みたいな素敵な女の子と知り合えたんだ。気分もだいぶ晴れたし、明日からは高校生活を頑張ってみてもいいかな――」

こうして。

幼馴染に振られて暗黒になるはずだった俺の高校生活は、春香とピースケとの不思議な出会いによって、まったく違った新しい幕を開けることになった。


余談だが。

春香の言った「春香でいいよ？　みんなそう呼ぶし」の「みんな」が「女の子はみんな」であることを、俺はすぐに知ることになる。

■４月７日■

翌日。

あの悲しく辛い失恋の日以来、久しぶりに気持ちよく眠れた俺が気分よく登校すると。

既に春香は席に座ってクラスメイト（だと思う、昨日のことはよく覚えていないので）の女の子との会話に花を咲かせていた。

そしてそれは俺の一つ前の席だった。

今更だけど「蓮池」春香と「広瀬」航平は、あいうえお順だと続きってくらいに近い。

だから俺と春香の席が前後に並んでいることに何の不思議もないんだけど。

「昨日の俺は、目の前の女の子すら認識していないほどに無気力だったのか……」

改めて考えると昨日の俺ヤバすぎだろ。

そりゃ春香も、後ろの席の奴が高校初日からそんな陰気オーラを漂わせていたら、「なにこの人？　大丈夫？」って気になりもしただろうよ……。

そんなことを考えながら席に向かうと、

「あ、こーへいだ！　おはよー！」

俺に気付いた春香が、にっこり笑顔で手を振ってきた。

「ああうん、おはよう春香」

俺も流れでそれに何気なく返事をしてしまい——すぐに気が付いた、教室がザワッとざわめいたことに。

「ええっ、なになに？　二人ってそういう関係？」

「え、春香付き合ってるの!?」

「昨日は少しも話してなかったよね？　ってことは放課後に何かあったの？　告白しちゃったり!?」

「一目惚れってやつ？」

「どっちがいったの!?」

「みんなちょっと待って！　今の私たちってどう考えてもお邪魔虫だよ？」

「あ、ほんとだ」

「ごめんね春香～、空気読めてなくて～」

「ってことでただちに解散！」

「りょうかーい！」

春香と話していた女の子たちがワーッと盛り上がりながら脱兎のごとく離れていくとともに、

「あふっ……朝からリア充が半端ないぜ……」

「入学早々、俺の心が死ねる……」

「くはっ、これが高校の洗礼ってやつか……」

「っていうかあんなやついたっけ？」

「なに言ってんだよ、ほら——あれ、あんなやついたっけ？」

「嘘だろマジかよ。蓮池さんは俺が狙ってたのに」

「ばーか、お前じゃ端から無理だっつーの」

主にクラスの男子たちがざわつき始めた。

その反応を見て、俺は改めて蓮池春香という女の子を観察してみた。

肩まで伸ばしたゆるふわウェーブの茶色がかった髪はおしゃれ可愛く、ブレザーの制服にとても似合っている。

顔も可愛い。

目鼻立ちが整っていて、人懐っこくて愛くるしい顔だ。

クラスで一番は無理でも、二番三番目くらいには入る可愛さ——つまり平凡な男子でももしかしたらワンチャンあるかもって思えるくらいの可愛い顔立ちだった。

そんな地味に人気がありそうな春香が、友だちが気を回して離れた後にだ。

「ねえねえ、こーへい。今日から授業だけど、ついていけるかなー。一時間目って数学でしょ？　わたし中学の頃から数学が一番苦手なんだよねー」

「俺は英語が一番不安かな」

「あ、わたし英語得意だから教えてあげられるかも。わからないことがあったら聞いてね」

とか、

「こーへい、ネクタイ曲がってるよ？　直してあげるね」

「あ、うん、ありがとう」

「朝はちゃんと鏡見てこないとだめだぞー」

とか、

「こーへいってドラマ見るほう？　昨日の水ドラ見た？」

「ドラマはあんまり見ないんだ。テレビは見ても野球かサッカーを見てることが多いかな」

「あ、わたし野球好きだよ？　巨人ファンなの、ジャイアンツ愛！　こーへいは？」

「残念ながら俺は阪神ファンだ。悪いが春香とはわかり合えないみたいだな……」

俺は少し目を伏せながら言った。

阪神ファンは巨人ファンとは決して相容れない生き物だから。

「なんで東京で阪神ファンなの？　素直に巨人応援すればいいのに。強いし」

「完全に親の影響だな。両親がどっちも神戸出身でさ、俺も物心ついた時には阪神ファンだったんだ。甲子園にも二回行ったことあるんだぞ」

「ふーん。でも阪神ってあんまり強くないよね？　何かって言うとすぐにお家騒動してるし、日本一になったのも大昔に一回だけでしょ？　応援してて悲しくならない？」

「言ったな!?　阪神ファンが一番気にしていることを言いやがったな!?　ふん、いいんだよ。それでも俺たちはそんな阪神が好きなんだから」

「えへへ、めんちゃい♪」

とか、なんとかかんとか。

それはもう親しげにあれこれ話しかけてくるのだ。

俺も昨日の一件で気持ちがある程度リフレッシュしていたこともあって、朝の教室で春香と楽しくだべっていたんだけど。

これは傍から見ればそういう関係に——付き合っているようにしか見えないよな。

勘違いされても仕方がない。

なにせお互い名前呼びだし。

——ま、それはそれでいっか。

こほん。

男の子とは実に悲しい生き物であってだな。

可愛い女の子から親しげに話しかけられると、それだけで舞い上がるほど嬉しくなってしまうものなのだ。

ちょっとした優越感みたいなものもある。

もしもこんな風に千夏と過ごせたら——って、もうそれはいいんだ。

春香と出会えたことで、俺はある程度気持ちの切り替えはできたんだ——と思う、多分。

だからもう千夏のことは、甘酸っぱい過去の思い出として忘れるんだ。

忘れよう……忘れるのさ……。

はぁ……。

暗い気持ちはほとんどなくなったとはいえ、そんなに簡単に恋心を忘れられたら誰も苦労はしないよなぁ……。

そうこうしているうちに予鈴が鳴り、朝のホームルームを終えると俺の本格的な高校生活が始まった。


わずかの不安とともに迎えた高校生になって初めての授業は。

けれどちゃんと予習をしてきた甲斐もあって可もなく不可もなくでクリアし。

そして迎えた放課後。

俺と春香は家が近所ということもあって一緒に下校することにした。

「う〜〜、いきなり六時間みっちりは疲れた〜」

歩き始めてすぐに、春香が可愛らしい仕草でう〜んと伸びをする。

「俺もちょっと肩が凝ったかも。なにせつい一昨日まで春休みだったもんなぁ」

「宿題もなかったしね。なんだか久しぶりにしっかり勉強したかも」

「だよなぁ」

当たり前だけど、中学の最後の春休みには宿題が存在しない。

となると勉強からも自然と距離を置いてしまうわけで。

さらに俺の場合は千夏に振られたこともあって、春休みはずっとやさぐれてたしな……。

「でもでも、内容は難しくなってたけど、先生の説明が上手でわかりやすくてよかったかな」

「それ俺も思った。ポイントを押さえたわかりやすい授業が多くて助かったよ」

「でも宿題の多さにはちょっとげんなりかも？　初日からこんなにたくさん宿題があるなんて思わなかったし」

「特に英語と数学が多かったよな。いきなり出遅れたくはないから、量に慣れるまでは頑張らないとだ」

そんな感じで主に高校の授業についてあーだこーだ話をしているうちに、俺たちは春香の家の前までたどりついた。

「もうついちゃったね。ちょっと話したりないかも？」

「まぁ明日もまた会えるしな。じゃあまた明日学校でな」

俺はごくごく普通に別れの挨拶をしたんだけど、

「ねぇねぇ、こーへい。うち上がっていかない？」

春香が突然そんなことを言い出したのだ。

「えっと、今からか？」

「あれ、こーへいはこの後予定あるの？　さっき家に帰ってもすることないって言ってなかったっけ？」

「特に予定があるわけじゃないんだけど――」

問題はそこではなくてだな。

会って日が浅い女の子の家に上がるのは、幼馴染で比較的女の子耐性がある俺にとっても割と敷居が高い。

だってほら、家に行ったら春香の親と会うわけだろ？

知り合って二日目の女の子の親と会うのはぶっちゃけ気まずい。

春香の親からしてみれば、すぐに女の子の家に上がり込もうとするチャラい男子に見えるだろうし。

春香も俺と同じ一人っ子で兄弟姉妹はいないって言ってたから、女の子の家に遊びに行く時の最大の恐怖である「妹思いのお兄さん」に二人の関係性を尋問される心配はないんだけどさ。

そんな俺のヘタレな気持ちを知ってか知らずか、

「じゃあ問題ないよね。ほら、上がって上がってー」

春香はにこやかな笑顔で俺の手を引くと、家の中へと招き入れようとする。

さらには、

キャウン、キャン！

庭にあった犬小屋からピースケが飛び出してくると、嬉しそうに俺の足にまとわりついてきたのだ。

「おー、ピースケ。相変わらず元気そうだな」

キャン！　キャウン！　キャン！

「ほらピースケもこーへいが来て喜んでるよ？　ねー、ピースケ。昨日助けてくれたこーへいだよー。覚えてるよねー」

ブンブンブンブン！

まるで春香の言葉がわかっているかのように、ピースケが嬉しそうに尻尾を振る。

「ほらこれで二対一だね。多数決！　そういうわけだから入って入って」

「じゃあその、ちょっとだけお邪魔させてもらおうかな……？」

なかば強引に蓮池家の敷居を越えさせられた俺は——なぜか居間ではなく、二階にある春香の部屋へと案内された。

ピンクのカーテンに犬やクマのぬいぐるみが置いてある、女の子らしくて可愛い部屋だ。

エアコンを入れ、ブレザーを脱いでブラウスとセーター姿になった春香は、

「紅茶を入れてくるから座って待っててね。まだ寒いし冷たいのよりあったかいほうがいいよね？」

そう言って一旦部屋から出ると、お茶とクッキーを持って戻ってくる。

クッキーは綺麗に焼けているけど、サイズが少しまちまちだった。

その意味するところは——。

「これってもしかして春香の手作りか？」

「うんそーだよ。春休みの終わり頃に暇だったから作ったんだけど、ついつい作りすぎちゃってまだ残ってたの。残り物でごめんね」

「そうか、春香の手作りか……」

ゴクリと俺の喉が鳴った。

「？　どしたのこーへい？」

千夏は割と何でも器用にこなす癖に、まったくと言っていいほど料理やお菓子作りをしない。

もちろん調理実習なんかはそつなくこなしていたので、やればできるんだろうけど。

しかも千夏は白米が大好きで、お米だけで一食済ますのも平気だったりする。

だから俺が女の子の手作り的な物を食べるのは、実はこれが初めての経験だった。

「それは心して食べないとな……いただきます！」

「えっと、そこまで気合い入れてもらうことでもないんだけど……前に作った残り物だし……」

春香はそう言うけれど。

初めての女の子の手作りクッキーがどれほど男の子の心を揺さぶるのか、これはきっと男の子にしかわからないんだろうな。

春香の手作りクッキーを前に、俺は胸の高鳴りを隠しきれないでいた。

早速一つつまんで口に入れてみると、

「うん、美味しい――」

サクっとした食感の後、優しい甘さが口の中に広がっていく。

「もう一つもらってもいいかな？」

「どうぞどうぞー。まだいっぱいあるから好きなだけ食べてね」

嬉しそうににっこり笑った春香は、うっ、めちゃくちゃ可愛いじゃないか……。

でも勘違いしちゃいけない。

つい先日、俺はそれはもう仲の良かった幼馴染に散々な振られ方をしたばかりなのだ。

背は平均のやや下、顔もパッとしないとズバリ言われてしまった俺が、春香みたいな可愛い女の子にいきなり好かれるはずはないからな。

人間は視覚から八割の情報を得ている。

つまり見た目が八割ということだ。

残念ながら俺は、女の子に一目惚れされるようなイケメンさんでは決してないわけで。

それに俺自身、まだ千夏を好きな気持ちがなくなったわけじゃないんだ。

千夏のことを未練がましく割り切れないままでいるのに、それで他の女の子のことをあーだこーだ考えるだなんて、春香と千夏、二人のどっちに対しても失礼だもんな。

「そういえばさっきからちょっと気になってたんだけどさ？」

俺はネガティブに陥りかけた思考を頭の隅に追いやると、春香に尋ねた。

「なになに？　あ、スリーサイズは秘密だよ♪　トップシークレットだから」

「いや、会って二日の女の子にスリーサイズを聞いたりはしないから。もうそれ完全に犯罪だから。ガチセクハラだから」

「もう、冗談だってば。それで気になることって？」

「あのさ、もしかしなくてもなんだけど、今日は春香のご両親は家にいないのか？」

俺が来てからずっと蓮池家の中はとても静かだった。

「あ、うち共働きだから平日は誰もいないんだー」

「そ、そうか……」

春香の両親は今、家にいないのか。

つまり今この家には俺と春香、二人っきりということだ。

っていうか春香は玄関のカギを開けて入っていたもんな。

今さらだけどな！

オッケー、この話題にはもう触れないようにしよう。

せっかく仲良くなったのに、変な雰囲気になったのが原因で疎遠になってしまうのは嫌だから。

春香だって「そんなつもり」はまったくないだろうに、出会って二日の男子にそういう下心ありありな気持ちで見られたら嫌な気分になるだろう――、

「ねえ、今ってこーへいと二人きりだね♪」

「ぶふ――っ!?　げほっ、ごほっ――！」

ちょ、おい!?

　思わず吹いただろ!?

　敢えて触れないでスルーしようとしてたっていうのに、もろに話題を振られて思わず紅茶を吹いちゃっただろ!?

「ちょっとこーへい、大丈夫!?」

「悪い、ちょっと動揺してしまった。ティッシュもらえるかな」

「はい、ティッシュとアルコールスプレー」

「サンキュー」

　俺は春香からティッシュを受け取ると、アルコールスプレーを吹きかけながらテーブルを綺麗に拭いていく。

「あはは、意外と初心なんだね、こーへいって」

「意外ってなんだよ意外って。俺はどこにでもいる思春期真っ盛りの男子高校生だっつーの」

「だってこーへいってば、すごく自然に女の子と話すんだもん。だから試しにちょっと攻めてみたらこうでしょ？　女の子慣れしてるようでしてないんだもん。それが意外だなって思ったの」

「くっ、俺の純真な心をからかって弄んだだと？」

「あはは、自分で純真とか言ってたら世話ないしー」

「男の子はみんなピュアで純真なんだよ、女の子に夢と浪漫を抱いた生き物なんだよ」

俺を指差しながらあっけらかんと笑う春香だけど、でもそのおかげで変な雰囲気にならずに済んだかも。

「あ、そうだ、こーへい。ラインやってる？　友だち登録しようよ」

春香が真新しいスマホを取り出した。

俺も同じく真新しいスマホを取り出す。

「やってるけど、友だち登録ってどうやるんだっけ？　っていうかそもそも基本的な操作の仕方からして覚えてない気がする」

「なにその機械音痴のおじいちゃんみたいな反応？　実は年齢詐称してる？　昭和生まれ？」

春香がツチノコでも発見したみたいな、不思議なものを見たって顔を向けてくる。

「いやそのな？　実は春休みに入ってすぐにスマホデビューしたんだけどさ」

「わたしもそーだよ。一緒だね。ソシャゲとかやってる？　やってるならそっちもフレンド登録しようよ？」

「ごめん、ゲームはしない約束で買ってもらったんだ。あと成績が極端に悪いと取り上げられることになってる」

「残念、一緒にポ〇モンGOやろうと思ったのに」

「悪いな、一緒にできなくて」

「うーうん。だって高校は勉強をしに行くところだもんね」

「今の絶対嘘だろ。断言してもいいぞ」

「えへへ、バレちゃった」

てへぺろっと、可愛らしく小さく舌を出して春香が笑う。

「バレるっていうかそんな殊勝なこと考えてる高校生なんてほとんどいないだろ？」

「だよねー」

「それで話を戻すんだけど、半月くらい前に最初に友だち登録したっきり、まったく次の機会がなくてさ。やり方がどうだったかなって」

「そーいうことね。納得なっとく。こーへいはあんまり友だちがいないんだね」

「おいこら……」

「あはは、冗談だってば」

ちなみにその友だち登録した相手ってのはもちろん千夏のことだ。

千夏も春休みにスマホを買ってもらって、すぐにラインで友だち登録をしたのだ。

あの時の俺は、これでもっと千夏と一緒に居られるって無邪気にはしゃいでいたんだよな……。

そしてその直後に振られてしまった俺は、それからずっと無気力に引き込もっていたせいで誰と会うこともなく。

ラインの友だち登録をすることもなく今に至ったというわけだ。

しかもせっかく友だち登録しても、千夏とは互いに家を行き来する関係だったから、わざわざラインでやり取りする必要はなかったしな。

そうしている間に操作の仕方すらすっかり忘れてしまっていたのだ。

ま、何にせよ。

こうやって事あるごとに千夏のことを思い出してしまうあたり、俺が吹っ切れるのは当分先になりそうだ……はぁ。

「こーへい、急に黙っちゃってどーしたの？」

暗黒の春休みを思い出して少し暗い物思いに沈んでしまった俺を、不思議そうな顔をした春香が現実へと呼び戻してくれる。

「悪い悪い。で、どうやるんだっけ？」

「わたしのQRコードを出したから、こーへいのスマホで読んでみて」

「わかった。ええっと、こうか……？　お、登録できた」

『はるか』が友だち登録される。

「こっちも登録したよー。って『広瀬航平』だし、まんまか！」

「別にまんまでよくないか？　特に名前を変える理由もないっていうか」

「んー、ちょっと堅苦しい感じがするかも？　ついでだし『こーへい』に変えとこっと。そっちのほうが可愛い感じがするから」

「男子に可愛いってのはどうなんだろうな？」

「わたしの中での話だから気にしないで。でも、えへへ……これでいつでもこーへいに連絡できるね」

「お、おう……そうだな……」

なんだよ春香、そんな無防備に笑うなよな。

幼馴染にすら門前払いされた冴えない顔で低身長の俺が「もしかして春香って俺のことが好きなんじゃねーの？」とかありえない勘違いをしちゃうだろ？

ほんと男ってやだなぁもう。

「というわけで、早速送ってみました」

春香から「よろしくね！」という文字が送られてきた後、可愛らしいデフォルメキャラが「はじめまして！」と言ってお辞儀をしてるスタンプが続けて送られてくる。

「なぁスタンプってどうやって送るんだ？」

「うわっ、ガチ初心者がいるよ!?」

スタンプの送り方がわからずにスマホとにらめっこする俺に、春香が大げさに驚いてみせる。

そんな姿も小動物っぽくて可愛くて困るんだけど——だからほんと勘違いしちゃうからやめてくれってば。

「おいおい知らないのか？　最初は誰でも初心者なんだよ」

「むむっ、それが人にものを教えてもらう態度なのでしょうか？」

なんだその唐突なキャラ変更、似合ってないぞ……可愛いけど。

「すみませんでした春香さま。哀れな初心者のわたくしめに、スタンプの送り方をどうか教えていただけませんでしょうか？」

春香のノリに合わせて、俺も無駄にかしこまってお願いする。

すると、

「素直でよろしい。えっとね、ここの右側のアイコンを押すとスタンプ一覧が開くから――」

言いながら春香は身を乗り出すと、俺のスマホを覗き込んできた。

「う――」

春香のふわふわの髪が、俺の頬にそっと軽く触れてくる。

か、顔が近い……！

千夏とはまた少し違った、だけど女の子の甘い匂いが漂ってきて、ドギマギして心拍数が一気に上がったのが自分でもわかってしまう。

しかもスマホを持つ俺の右手に、春香の身体の一番柔らかいところがちょっとだけ触れてるし……！

そこからふよふよとした春香の優しい柔らかさが伝わってくるんだ……！

「でね、あとは好きなのを選んで押すだけで、はいできました」

「お、おう……」

「ね、すごく簡単でしょ？」

「ああうん、すごく簡単だな」

「どうしたの、こーへい？　なんか心ここにあらずだけど？」

「いやいや別になんでもないぞ？」

「そう？」

落ち着け、落ち着くんだ広瀬航平。

これはただの偶然の接触だ。

偶然仲良くなった女の子の家に、放課後に偶然上がり込んでしまったら、偶然二人っきりになってしまって、偶然肉体的に接触してしまっただけなんだ。

たまたま偶然が重なっただけであって、決して勘違いしてはいけない！

そもそも俺は、千夏のことをまだ心に引きずっているんだろ？

それってつまり千夏のことを心のどこかで諦めきれていないわけだろ？

だっていうのに、ちょっと仲良くなったからって別の女の子に変な期待をしてしまうだなんて。

俺は女の子なら誰でもいいなんて、そんな軽薄な男じゃなかったはずだ。

そうだよ。

俺は物心がつく前からずっと一緒に育ってきた、幼馴染の相沢千夏のことがまだ好きなんだ。

好きなはずなんだ。

それに比べて、春香とはまだ出会ってたったの二日の極めて浅い関係だ。

だから春香に恋愛感情なんて感じるはずがないし、感じちゃいけないんだよ。

――あれ？

好きって気持ちって、「好きなはず」とか「感じるはずがない」とかイチイチ言い訳しないといけないものだっけ？

もっと自然に「この子と一緒にいたい」って思う気持ちじゃなかったっけ――。

例えば今、春香に感じているような――はっ!?

俺は今、何を考えていた？

だめだだめだ、この思考は良くない気がする。

うんそうだ、色々と良くない。

よくわからないけど、でも良くないんだ。

それにこうやって俺が余計なことばかり考えていると、春香だってつまらないだろうし。

女の子として好きとかそういうのは抜きにして、せっかく春香と仲良くなれたんだ。

あれこれ考えるのは後でもできる。

今は余計なことは考えずに自分の心に素直になって、春香と楽しく話すことを最優先しよう。

「せっかくだからいくつか適当にスタンプを送ってみてもいいか？」

「もちろんいいよー。あと無料で取れるスタンプとかもあるから教えてあげるね」

「サンキュー」

俺は今度こそ気持ちを切り替えると、春香に教えてもらいながら無料のスタンプをダウンロードしたり、短いメッセージやスタンプを特に意味もなくやり取りしたり、お互いに写真を撮ったり撮られたりして、高校生活二日目の放課後を楽しんだのだった。

春香の部屋で他愛もないことを楽しくだべった後、

「ただいまー」

俺は自宅へと帰った。

大きな川を挟んだ向かい、春香の家からわずか徒歩五分の一軒家が俺の家だ。

「ほんと近いよな……今まで接点がなかったのが不思議なくらいだ」

まぁ世の中ってのはそんなもんなんだろうけど。

なにせ中学の頃は、交友関係も遊び場もほとんど全てが学区内で完結していたもんな。

学区外に出ること自体がほとんどなかったから。

そんなことをぼんやり考えながら俺が玄関で靴を脱いでいると、

「今日も遅かったね航平。寄り道してたの？」

リビングのドアを開いて幼馴染の千夏――相沢千夏が俺を出迎えた。

まだ話すだけでわずかに緊張してしまう俺と比べて、千夏の話ぶりは昔からずっと何も変わらないままで――それがまた俺の心を切り刻んでくる。

だけどそれは前ほどの痛みを伴いはしなかった。

春香と出会って気持ちがグッと軽くなったおかげで、千夏ともかなり普通に話すことができる。

「千夏、ただいま。ちょっと友だちのとこに寄っててさ。遅くなった」

靴を脱いで玄関にあがった俺は、けれど何とも言えない後ろめたさを感じながらそう答える。

……嘘は言っていない。

女友だちと言わなかっただけだ。

「高校のお友だち？」

「ああ、うん。高校で仲良くなったクラスメイト」

「そっか、始まってすぐに仲のいいお友だちができてよかったね。あと晩ご飯もうすぐできるって言ってたから、着替えたら降りてきてね。今日は航平の好きなチーズ・イン・ハンバーグみたいだよ」

「わかった。ありがとな、すぐ着替えてくるよ」

今日も千夏は我が家で夕飯を食べるようだった。

これが俺にとっては——俺たちにとってはなんの変哲もないいつも通りの日常だ。

当たり前だけど、お隣さんで幼馴染という関係は俺が千夏に振られたからといって終わるものじゃない。

だからいい加減に俺も前みたいに戻らないといけないな——とは思うんだけど。

やっぱりそんな簡単には割り切れないんだよなぁ……。

それでも今日の俺は、ここ半月ほどと比べてとても楽な気持ちで千夏と話すことができていた。

そんな俺を見て、千夏はなにかを感じ取ったようだ。

「航平、今日はいつもと違うね。何かいいことでもあった？」

そう言うと千夏は俺の目の前にやってきて、透き通るような綺麗な瞳で俺の目を覗き込むように見つめてくる。

「えっと――」

春香っていう明るいクラスメイトの女の子と仲良くなって、その子の家に行って遊んで楽しかった――。

千夏に見つめられた俺は、千夏に嘘を言いたくなくて反射的にそう告げようとして、

「――いや特にはなかったよ」

やっぱり何も言うことができないでいた。

放課後に春香と楽しく過ごしていたことを、千夏に告げることができないでいた。

まるで出張に行くと言って実は浮気旅行をしてきた夫みたいに、千夏に対して後ろめたい気持ちがあったからだ。

「ふうん、そう？」

納得したのか、そもそも特に深く聞くつもりはなかったのか。

千夏はそれだけ言うと、これまた我が家同然に慣れた様子でリビングへと戻っていった。

慣れているのは当然だ。

俺たちは昔から家族同然に過ごしてきたんだから。

平日の晩ご飯はいつも一緒に食べるし、家だって数えきれないほどに行き来している。

今はもうしていないけど、少し前まではお風呂だって一緒に入っていた。

これまで続いてきた、そして少なくともこれから三年は続いてゆく、俺たちの近すぎる関係。

「どこかで踏ん切りをつけないといけないよな……つけられるかな……」

そんなことを考えながら離れていく千夏の後ろ姿を眺めていた俺を、再び言いようのない後ろめたさが襲ってくる。

それは千夏にではなく――春香に対する後ろめたさだった。

春香とあんな風に楽しく過ごしておきながら、千夏のことをまだちっとも諦めきれていないことを、俺はどうしようもなく不誠実に感じていたのだ。

「はぁ……あれこれ考えても仕方ないか」

考えるのはもう少し気持ちの整理がついてからにしよう。

結論を得ようにも今はまだ余計なことを色々と考えてしまって、考えれば考えるほどにドツボにハマってしまいそうだから――。

俺は脳裏によぎるアレやコレやを頭を振って追いやると、二階にある自分の部屋で着替えるべく階段を上がっていった。

【第2章】

■4月8日■

翌朝。

俺は朝五時半に目を覚ますとランニングに出かけた。

身体を動かしたいと思ったのはいつ以来だろうか。

「春休みは悲しみのあまり、ほとんどヒキコモリ状態だったからな……」

まだまだ肌寒い春の朝に、家の前の川沿いの土手を軽く流していると、

「あれ、こーへいじゃん。おっはー」

ピースケの散歩をする春香に出くわした。

俺の姿を見かけた途端に手を振って走り寄ってくる。

「おはよう春香、いい天気だな。ピースケの散歩か？」

「そーだよー。こーへいはランニング？　走るの好きなの？」

「まあな。こう見えて中学はサッカー部だったんだ」

「あ、こーへいってサッカーやってんだ、かっこいいー、やるぅー！　じゃあ高校もサッカー部？」

「いや帰宅部の予定。中学は最後まで補欠だったし、俺にボールを蹴る才能はないっぽいから」

「そっかー残念。こーへいがサッカーするとこ見てみたかったのに。それでわたしもマネージャーとかしてみたり……なんてね、えへへ」

上目づかいで見上げてきながら、そんなことを言って笑う春香。

……なんだこいつマジ可愛すぎだろ。

こんな可愛い生物がいていいのか？

俺が幼馴染にも相手にされない低身長で冴えない万年補欠君じゃなかったら、完全に勘違いして今すぐアタックしてるところだぞ？

いやはや、朝から春香のこんな可愛い姿を見られるなんて、今日はいい一日になりそうだなぁ。

「あれ？　でもわたし、ここ半月くらい割とこの時間にピースケの散歩をしてたんだけど、こーへいのこと見たことなかったような？」

「ああ、その……なんだ。ここ半月は色々あってな。その前は受験で大変だったし。でも今日は気分が良かったから久しぶりに走ってみたんだ」

「そっかぁ……それって——ううん、やっぱなんでもなーい」

春香が踏み込んで聞きたそうな顔を一瞬して、すぐにまた明るい笑顔に戻る。

そして踏み込まれたくなかった俺は、それに気付かない振りをした。

「春香は中学の時は何か部活に入ってたのか？」

「入ってたよー。何部だったと思う？　当ててみて？」

「うーん……そうだな。ピースケを散歩させてる姿も楽しそうだし、春香は運動が好きそうだよな。ってことはやっぱり運動部だと思う」

「なかなかいい線いってるね」

ってことはテニス部、バスケ部あたりかな？

「じゃあ……バスケ部だ。ドリブルとか上手そうな感じがする」

春香がポイントガードでボールを運ぶ姿を想像すると、うん、結構しっくりくるぞ。

それに明るく元気な春香はバスケのノースリーブのユニフォームが似合いそうだから。

「ファイナルアンサー？」

「ファイナルアンサーだ」

「ブブー！　残念でした、わたしはテニスをやってました。えいっ、エア・ケイ！」

春香が軽くジャンプしながら、フォアハンドの素振りっぽい動作をする。

「そっちかー。バスケ部かテニス部じゃないかなって思ったんだよなぁ。でもうん、たしかにラケットとかテニスウェアがすごく似合いそうな感じだ」

「そう？　こーへいがそう言うなら高校もテニスやろっかな。結構上手かったんだよ？　三年の時は区大会のダブルスで四位入賞して表彰状も貰ったんだから」

「そりゃすごいな。ならテニス部に入ったらいいんじゃないか？　試合の日を教えてくれたらら言った。

春香は少し思案するように可愛く小首をかしげると、なぜか俺の顔を確認するように見てか

「んー、そうだねー」

応援に行くぞ」

「やっぱりやめとく。放課後とか土日に遊べなくなるし」

「それはあるよな。運動部は拘束時間が長いからなぁ」

「それにほら……こ、こーへいもわたしと遊べないと寂しいでしょ？　とか言ってみたり、ごにょごにょ――」

「ごめん、途中から声が小さくてよく聞こえなかったんだけど、俺がなんだって？」

「なんでもないもーん！　こーへいのばーか！　イーだ!!」

「なぜ急に馬鹿と言われてイーされるのか……」

いやイーする春香はこれまたすごく可愛いんだけど……いやほんと、なんで？

春香の声が小さかったところに、ちょうど川沿いに吹く強めの風がザァっと吹いて聞こえなかっただけなのに。

とまぁそんなことを楽しく話していると、ピースケが「そろそろボクにも構ってよ！」と言わんばかりに俺の足にじゃれついてきた。

しゃがんで頭を撫でてやると、嬉しそうにブンブン！　としっぽを振って頭や身体をすりつけてくる。

「ふふっ、助けてくれたこーへいのこと、ピースケも大好きなんだよねー」

キャン、キャン、キャウン！

「ははっ、可愛いやつだなぁ。ほれほれ、もっと撫でてやるぞ」

って、うん？

ピースケ「も」？

……まぁ、聞き間違いか。

少なくとも他意はないよな。

そうやってイチイチなんでも自分に好意があるみたいに捉える馬鹿な男だから、千夏にだって振られるんだろうし。

春香とはただの友だちなんだからサラッと聞き流しておけ。

「なぁ春香、俺もピースケを散歩させてみてもいいかな？」

「もちろんいいよー。ピースケも喜ぶと思うし。はいリード」

「お、おう」

春香にリードを手渡された時に手がほんの少しだけ触れあって、春香の柔らかい手の感触に胸が一瞬ドキッとする。

顔が赤くなった気がするけど気付かれてないよな？

「どうしたの？」

「いや、なんでもない。じゃ行こうか」

春香と楽しくおしゃべりする俺の心は、じんわりとした優しい温かさに満たされていた。

まだ四月上旬ということで川沿いに吹く風は少し肌寒かったけど。

その後はしばらく朝の川沿いを、春香と並んでピースケの散歩をしながら歩いていった。

「うん♪」

「じゃあまた後で学校でね。疲れたからって二度寝しちゃだめだからね？」

「そう言う春香もな」

「わたしはいつも朝にピースケの散歩をしてるから慣れてるもーん。あ、そうだ。なんなら家まで起こしに行ってあげようか？　すぐそこだし」

「それだけはやめてくれ！」

春香の何気ない提案を俺は反射的に断ってしまう。

つい出てしまった大きな声に、自分でもびっくりしてしまった。

「もう、冗談だし冗談。いくらお向かいさんでも、朝から家に押しかけたりはしないから」

「だ、だよな。ごめん、真に受けちゃって。あと大きな声を出して悪かった」

「いいっていいって。気にしないで」

焦って謝る俺に春香はにっこり微笑んでくれる。

「ほんとごめんな」

重ね重ね春香に謝りながら、俺は自分の心の内を分析せずにはいられなかった。

いや分析なんてするまでもない。

俺は今、春香と仲良くしていることを千夏に知られたくないって思ってしまったのだ。

春香が家に来て千夏と鉢合わせるのを防ごうとしてしまった。

別にやましいことでもなんでもないのに、春香と千夏を会わせたくないって思ってしまったんだ。

ああもう、俺って奴はなんでこんなに最低なクズなんだよ……。

「じゃあまた後でね、こーへい。ばいばーい。ピースケも帰るよー」

だけど春香はそんな俺に、変わらぬ笑顔を向け続けてくれる。

「ばいばい春香、ピースケ」

だから俺もそんな春香の笑顔に引っ張られるようにして、自然と笑顔で言葉を返すことができていた。

一緒にいるだけでこんなにも心を軽くしてくれる春香の笑顔には、本当に感謝しかないな……。

その後、春香と別れて帰宅した俺はシャワーを浴びて汗を流し、朝食を食べてから学校へと向かった。

家を出て少し行ったところで、

「こーへい、おっはー♪　さっきぶりだね」

「おはよう春香。もしかしなくても俺が来るのを待っててくれたのか？」

どう見ても待ち伏せしていた春香と合流して、二度目のおはようを言い合う。

「た、たまたま家を出たらこーへいが来たんだもん。まったくこーへいってばどうしようもない自意識過剰さんなんだから」

「いや、明らかに俺が来る方向を見てたよな？　橋を渡る前から春香がじっと待っているのが見えてたぞ？」

「だ、だって家が近いんだもん、一緒に行ってもいいわけじゃん？　昨日だって帰りは一緒だったんだし……」

いたずらして先生に怒られた子供みたいに、小さな声で春香が言い訳を始める。

「ああごめん、別に咎めたいわけじゃないんだ。単に確認っていうか」

「うん……」

「それに春香の言う通り、同じ学校で同じクラスでしかも『お向かいさん』なわけだしな。これだけ条件が揃ってるんだから一緒に行くのも自然だよな」

「だよね！」

ちなみに千夏は朝が苦手なのもあって昔から俺より遅く家を出るので、今すぐ学校に向かえば二人でいるところを千夏に見られることはない。

朝が苦手なのは、何でも器用にこなす千夏の唯一といっていい欠点だった。

生徒会とかで千夏がどうしても早起きしないといけない時は、俺が千夏の部屋までよく起こしに行ったものだ。

いや、な？

別に春香と一緒にいるところを千夏に見られても何の問題もないし、後ろめたさを感じる必要もないし、もちろん自分自身に言い訳をしてるわけでもないんだけどな？

……ないんだよ？

それはさておき、徒歩通学で三十分ほどの高校までの通学路を、春香と二人並んで歩いてゆく。

話題の中心は主に始まったばかりの高校生活や、お互いのことについてだ。

「こーへい、宿題って全部できた？」

「一応全部やったけど、中学の頃と違って量も多くて大変だったかな」

「だよねー」

俺の学力じゃ本当にギリギリのギリギリ、学区で一番偏差値の高い公立高校に入ってしまったことを若干後悔しなくもなかった。

「これからどんどん勉強も難しくなるだろうし、頑張って慣れないとな」

「ほぅほぅ、こーへいはやる気さんですな」

「だって一年の最初に勉強でつまずいたらこの先三年間マジで悲惨だろ？　就職とか考えたらいい大学にも行きたいし、間違っても留年だけはしたくないからさ」

「はい、その言葉でわたしも勉強をちゃんとしないといけないって思いました、まる」

春香がちょっとげんなりした顔をしていたので、俺は話題を変えることにする。

「そういや春香は中学の時にテニスをやってたんだよな？」

「そだよー」

「何かテニスを始めた理由とかってあったりするのか？　憧れの選手がいるとか？」

「うーうん？　単に部活紹介で見たテニスウェアが可愛かったから。えへへ……」

とても可愛いらしい理由に俺は内心ほっこりする。

「なるほどな。でも春香のテニスウェア姿はちょっと見てみたかったかも」

「あ、興味ある感じ？　ピンクのすっごく可愛いテニスウェアなんだけど、今でも大事に取って置いてあるから機会があったら着て見せてあげるね」

「マジか？　それは楽しみだな」

俺も男の子なので、可愛い服を着た可愛い女の子にはおおいに興味があった。

「でもねでもね、聞いてくれる？」

「どうした？」

「テニス部の部内ルールで、テニスウェアは試合の時しか着れなかったんだよね。これって酷くない？」

「じゃあ普段の練習は何を着てたんだ？」

「練習は体操服だったの。部活紹介で『テニス部に入るとこんなに可愛いテニスウェアが着れますよ』って言ってたのに、練習は体操服なんだよ？　入ってすぐに『うわー、騙された』って思ったね」

たしかに可愛いテニスウェアをアピールして勧誘しておきながら、普段は体操服で練習だと騙されたって感じるのも無理はないよな。

「それって向こうも最初から騙す気満々だったよな」

「だよね、絶対そう思うよね！」

「思う思う」

「まぁかく言うわたしたちも翌年、新一年生に対して同じことをしたんだけど」

「おい……」

あまりの手の平返しっぷりに、思わずずっこけそうになったぞ。

「えへへへ、女子テニス部に代々受け継がれる悪しき伝統ってやつなのでした」

「まぁ多かれ少なかれどこにでもあるよな、そういう理不尽なルールは。特に運動部は」

「あるよねぇ運動部には」

しかも昭和とか大昔の時代は、もっと理不尽で無意味で非合理性の塊のような「しごき」なるものが横行していたらしいし。

もう「しごき」って呼び方からして無理だよな。

人を人とも思ってない感じがして。

「それでもなんだかんだで春香は三年間ちゃんとテニスを続けたんだろ？　それで区大会で四位入賞したのは本当にすごいし、えらいと思うぞ」

「ふふふん、こう見えてわたしってばやる時はやるタイプだからねー。あと何がなんでもテニスウェアを着たいっていう意地もあったかな。絶対に試合に出るんだって思って毎日ラケットを振ってたもん。騙したな、こんにゃろー！　って」

「ははっ、春香って結構負けん気が強いタイプなんだな」

「どうせやるなら、負けるより勝つほうが良くない？」

「そこに異論はないな」

「でもでも、一応わたしたちが三年生の時にちょこっとだけ良いほうに変えたんだよね」

春香の口調がなんとなく得意げなものに変わった気がした。

「へぇ、どんなふうに変えたんだ？」

「それまではテニスウェアが着れるのは対外試合だけだったんだけど、部活内の順位戦でも着れるようにしたの。でないと補欠の選手は対外試合にほとんど出れないから、着る機会がなくなっちゃうでしょ？」

「たしかにそれはちょっと可哀そうな気がするな」

中学三年間、万年補欠だった俺には実に共感できる話だった。

「それでね。テニス部の部員全員と、あと生徒会の人たちにも署名してもらった嘆願書を、顧問の先生に出しに行ったの」

「割とすごい行動力だな」

「そうなの！　今思い出してもあの時はほんとに大変だったんだから」

「だろうなぁ。正直、俺には想像もつかないよ」

環境改善のために顧問の先生に嘆願書を持っていくとか、そもそも俺はそんな発想にすら至れない気がする。

明るくて可愛いだけじゃない、春香の中にある芯の強さみたいなものを俺は感じずにはいられなかった。

「わたしの話はこんなところかな。というわけで、今度はこーへいのこと教えてよ？　こーへいはなんでサッカーやってたの？」

「俺か？　俺はその、有り体に言えば……女の子にモテたかったから、かな？」

「うわぁ、欲望にドストレートだよ」

もちろん不特定多数の女の子にモテたかったたって意味じゃなくて、千夏にモテたかったたって意味なんだけど、もちろんそこまでは言いはしない。

俺と千夏の関係について、春香は何も知らないんだしな。

「女の子が可愛い服を着たい生き物なように、男の子はそういう生き物なんだ。察してくれ」

「そんなことしなくても、こーへいって結構モテそうな感じするんだけどなぁ……とか言ってみたり」

「それだけは絶対にないから」

「なんかものすごく力強く断言されちゃったんだけど」

「力強く断言できちゃうんだな、これが」

俺が本当にモテるんなら、春休みの告白だってきっと成功していたはずだから。

「うーん、そんなことないと思うけどなぁ」

「そんなことあるんだよ」

「そっかぁ……でもきっとこーへいにもモテ期が来るよ？　わたしが保証してあげるから」

「おっ、モテ番長の春香に保証してもらえるなら心強いな」

「あはは、なにそれモテ番長って。誰が言ってるの？」

「なんだ知らないのかよ？　春香ってクラスでモテそうな女子として、男子の間でかなり人気なんだぞ？」

学校が始まってすぐに男子の間で話題になるくらいに春香は可愛い。

「ふ、ふーん。そうなんだ？　ち、ちなみにこーへいも、そ、そう思ったり？」

「まぁそうだな」

可愛いだけなら他にもいるだろうけど、いつも明るくて楽しそうでフレンドリーで誰にでも優しくて。

もしかしたら手が届くかもしれないギリギリ高嶺の花として、入学早々に春香はクラスの男子からかなり人気だったんだけど、俺もその意見に異論はなかった。

もし俺という偶然できた防波堤（妙に仲のいい男子の存在）がなければ、クラスの男子たちから放課後に遊びに誘われたりとか、熱烈にアタックをされていたはずだ。

そういう意味では、俺は春香の青春のお邪魔虫をしてしまっているのかもしれないな。

「ふーん、そうなんだ。ふーん……」

「さっきからふーんふーんどうしたんだ？　なんか顔は澄ましてるのに口元はニヤニヤ笑ってるしさ」

「別にぃ？　っていうかニヤニヤってなによ、ニヤニヤって！　わたしそんな笑い方してないもん」

「じゃあ……ニマニマ？」

「それぜんぜん一緒だし。変わってないし！」

「そうか？　若干マイルドになってないか？」

「なってないしー」

そんな風に特に中身もない他愛のない話で盛り上がりながら、俺と春香は肩を並べて朝の通学路を歩いていった。

◇

「よし、これで男子は全員50メートル走が終わったな。今度は女子が50メートル走をやって、男子はハンドボール投げだ。全員二回ずつ投げて、遠くまで飛んだほうを記録するように。それと怪我をしないように、計測係は絶対にボールから目を離すんじゃないぞ」

体育の先生の指示の下、俺たち一年六組男子はハンドボール投げの測定を開始した。

一学期序盤の体育の授業はいわゆる「全国体力テスト」の計測だ。

さっきまでソフトボール投げをしていた女子と入れ替わるようにして、今度は男子があいうえお順に次々とハンドボールを放り投げていく。

元リトルリーグ経験者とはいえ、俺は今までハンドボールをほとんど触ったことがない。

そして俺の名字は「は行」なので順番が回ってくるのは当分先だ。

そういうわけで、俺は他のクラスメイトたちがハンドボールを投げる様子をずっと観察していたんだけど。

「だいたいみんな30メートルに届かないくらいか。思っていたより飛ばないもんだな」

投げるのが得意なはずの現役野球部員までもが、想像以上に苦戦しているようなのだ。

「なんだよ、ハンドボールでかすぎだろ。投げる以前に掴めないんだけど」

「だよなぁ。投げる時に上にすっぽ抜けるもん」

「掴めそうでギリギリ掴めないんだよなぁ」

「掴むのに力入れるから肘とか手首のスナップとか全然使えないしさ」

「こんなの身体がデカくて手もデカいやつじゃねーと無理じゃん」

どうも男子からはそういった感じの文句がかなり出ているっぽかった。

「たしかにハンドボールって片手で掴むには微妙に大きいんだよな」

ボールをしっかりと掴めなければ、当然しっかりと投げきることもできない。

その結果、ほとんど全員がすっぽ抜けのような力ない投擲を連発してしまったわけだ。

「これじゃ、遠投の力を計測しているんじゃなくて手の大きさを計測しているのと同じだよな」

そうこうしている間に、

「次、広瀬！」

「はい」

俺の順番が回ってきて名前を呼ばれた。

俺は渡されたハンドボールの感触を確かめたり、久しくやっていなかった投球動作をチェックしながら投擲サークルの中へと入る。

そして野球の遠投と同じようにハンドボールを軽快に投げ飛ばした。

というのも、実は俺は身長が低い割に指が長い。

だからハンドボールのような普通は持ちづらい大きめサイズのボールであっても、しっかりと掴むことができるのだ。

小学校四年でリトルリーグのショートをやれたのは、このボールをしっかりと握れる指の長さも関係していた。

そして俺の出した記録は47メートル。

ぶっちぎりで今日一番の記録だった。

「おー、結構飛んだな。ハンドボール投げは久しぶりだったけど、ちゃんとボールも掴めるし野球経験者だし、まぁこんなもんかな？」

背が低いこともあって完全ノーマークだった俺の出した飛距離が、他のクラスメイトの記録とあまりに違いすぎていて。

「え？　なに今の？」

「広瀬だけ飛びすぎじゃね？　同じボール使ってんのか？」

「背が低いのになんであいつは飛ぶんだよ？」

「野球部より飛んだよな？　まぐれ？」

クラスメイトたちが盛大にざわついている。

計測係なんて30メートルの手前付近にいたから、慌てて落下点まで走っていってたし。

残念ながら二投目は45メートルで記録更新とはならなかったものの。

立て続けに好記録を出した俺のところに、体育の先生が驚いた顔でやってきた。

「広瀬、おまえ野球か何かやってたのか？」

「はい、小学校でリトルリーグに入っていました」

「それでか。50メートル走も6秒台だったし運動は得意そうだな」

「昔から身体を動かすのは好きなんですよ」

幼稚園の頃は「セミ取りの航平くん」と呼ばれたくらいに、俺は小さい頃から完全にアウトドア派だ。

「高校では何か部活はやらないのか？　うちの野球部は甲子園はちょっと無理だが、そこそこ強いぞ？」

「いえ、高校では部活はやらないでおこうかなと思っています」

「それは残念だな」

「すみません」

「なに、謝ることはない。部活だけが高校生活じゃないからな。だがもし気が変わって野球をやりたくなったらいつでも俺に言いに来るといい。野球部の監督は俺がやっているから」

「そうだったんですね」

体育の先生は野球部の監督だったのか。

どうりでリトルリーグ時代の監督と、指示の仕方とかしゃべり方とかもろもろの雰囲気が似ているわけだ。

「ちなみにうちは一年だからって球拾いばかりを意図的にさせたりはしないから、そこは安心してくれていいからな」

「それはたしかに安心できますね」

いまだに一年には球拾いばかりさせてろくに野球の練習をさせない野球部もあるらしいけど、やっぱり投げて打たないと野球ってつまらないんだよなぁ。

無理に入部を勧めるでもなく、話し終えるとすぐに離れていった中年の体育教師を見送った俺のところに、入れ替わるようにして今度は春香が小走りでやってきた。

「ちょっとこーへい、さっきの超すごくない!?　ボールすっごく飛んでたじゃん！」

「お、春香も見てくれてたのか。とりあえず今のところは男子で一番みたいだな」

「やるねぇ、こーへい。さすがわたしが見込んだだけのことはあるよ」

「どんな上から目線キャラだよ」

腕組みをしながら謎の格上キャラを演じ始めた春香に、俺は笑いながらツッコミを入れる。

「でもねぇねぇ？　純粋な疑問なんだけど？」

「なんだ？」

「こーへいってサッカーやってたんだよね？　サッカーってボール投げることあったっけ？　もしかしてわたしの聞き間違いだったりする？」

「いいや、実はその前に小学校では野球をやってたんだ。リトルリーグで四年からレギュラーだったんだぞ？　三番でショートだったんだ、すごいだろ」

これは俺の人生における数少ない自慢だった。

「そんなに野球が上手かったのに中学はサッカー部に入ったの？　モテたいからって？　しかもそれで三年間補欠だったんだよね？」

「…………」

「ごめんこーへい、今のはほんっと悪気はなかったの。つい気になっちゃって口からポロっと疑問がまろびでてしまっちゃったんです……ほんとごめんなさい」

どうにも返す言葉がなくて無言になってしまった俺に、焦った顔をした春香が両手を合わせながら頭を下げてくる。

「いや、うん、そりゃ気になるよな。その気持ちは当然だよ。俺だってこんな話を聞かされたらついツッコみたくなるだろうし」

　こいつアホなのかってな。

「ほんとごめんね、もうこの話はしないから。それにせっかくクラスで一番だったんだしむしろお祝いするべきだよね。ってことで、やるじゃんこーへい♪　さっきのお詫びもかねて、今度何でも一個お願い聞いてあげるから」

「ほぅ、何でもとはまた太っ腹だな」

「ちょっと――？　女の子に太っ腹は、ちょっとなくない？」

「ん？　ああ、なるほどたしかに、女の子に太っ腹はないよな。じゃあ……器がデカいとか？」

「それもなんか微妙かも？　まぁ表現の仕方はどうでもいいんだけどね」

「日本語って微妙に難しいよな……」

「あ！　でもでも、何でもって言ってもいやらしいのはダメだからね。まったくすぐに男子はそういうこと考えるんだから！　もう、こーへいのえっち！」

「いや俺はそんなこと一言も言ってないんだが……日本語の奥深さに感じ入ってたところなんだが……」

　っていうか春香の中の俺って、そんな人間だと思われてるの？

　すぐにえっちなことをしようとするお猿さんって？

　え、マジで……？

「はるかー！　そろそろじゅんばーん！」

と、女子のグループから春香が呼ばれた。

「ごめん、こーへい。そろそろわたしの番だから行ってくるね。応援よろしくー」

「おう、ちゃんと見てるからがんばれよー」

そう言ったからってわけでもないんだけれど、俺は軽やかにスタートラインに向かった春香の50メートル走を遠目に見守る。

「本気で走ってるのを見たのは初めてだけど、かなり速いな。フォームも綺麗だし」

元テニス部で、しかも今は元気いっぱいのピースケを毎日散歩させているだけあって、春香はクラスの女子の中でもトップクラスに足が速かった。

すごく話が合うし、どっちも運動好きでアウトドアタイプだし、俺と春香って結構似てるのかもな。

とまぁそんなこんなで。

結局ハンドボール投げの記録は俺がクラス一、どころか学年でもぶっちぎりの一位となり。

リトルリーグでレギュラーをやっていた話と相まって、これ以降俺は野球部の生徒たちから事あるごとに熱烈な勧誘を受けることになってしまうのだった。

■4月13日■

春香と過ごす高校生活はつつがなく進んでいって、入学してから一週間が経った頃。

「あたしゃ疲れたよ……」

春香が自室のテーブルにぐでーっと突っ伏した。

近く数学の小テストがあるので放課後、春香の部屋で一緒に勉強をしていたんだけど、それが今ちょうど終了したのだ。

終了したんだけど――、

「ねぇ、こーへい。数学っていったい何のためにあるんだろうね……？　因数分解がわたしの人生に何をもたらしてくれるっていうの……？」

だらしなく机に突っ伏したまま春香がぶーたれる。

「なんだろうな、努力することの大切さかな？」

「うわっ、地味にいいこと言われちゃったし。でもたしかに努力は大切だよねー」

「けど文句を言いながらも、できるようになるまでちゃんと勉強するのが春香の偉いところだよな」

「だって成績が悪いとお小遣い減らされるんだもん。あーあ、昔から数学は鬼門なんだー」

「俺のスマホと一緒だな。お互い赤点を取らないようにがんばろうな」

「おー、がんばろー。でもこーへいもちゃんと勉強やっててえらいよねー」

「春香が真面目に勉強してるからつられてな……俺一人だと果たしてどうだったか……勉強会に誘ってもらって助かったよ」

「助かったのはこっちのほうだってば。こーへいって教え方上手だよね、ふんふんなるほどそういうことか！　って感じ。将来は学校の先生になったらいいんじゃない？　公務員だし」

「先生かどうかは別にして、なるなら公務員だよなぁ」

安定した仕事について、好きな人と結婚して家庭を持つ。

そんな人並みの幸せを俺も手に入れたい。

そしてその幸せがかなった時、俺の隣にはきっと千夏じゃない女の子がいるんだろう。

千夏以外の女の子と結婚か。

そんな未来は正直ちっとも想像できないな。

——なんてことを考えていると、春香とばっちり視線が合ってしまった。

なんとなく目が合っているのが恥ずかしくなって、視線をそらしてしまう。

そして動揺したせいでつい聞いてしまった、

「春香は結婚とか考えてるのか？」

——と。

言ってからすぐに「やっちまった」と思い至る。

結婚について考えていたからって、会って間もない女の子になんて質問してんだよ俺は。

下手したらセクハラだぞ!?

内心焦る俺だったんだけど、

「け、結婚!?　いきなり結婚とか、そんな急に言われてもっ!?」

なぜか春香が急にあせあせしだしたのだ。

それまでだらーっと机で伸びていたのに、急に背筋を伸ばして姿勢を正したかと思ったら、なぜか前髪を触ったり手櫛で髪全体を整えたりし始める。

さらにそれだけじゃなく、春香は服やスカートの裾を引っ張って、小ぎれいに見栄え良くしようとしていた。

「突然何してるんだよ？　そこまで服装とか気にしなくても、ここには俺しかいないだろ？」

大事なお見合いをしてるわけでもないんだし、幼馴染にすら振られてしまう冴えない顔の低身長ヘタレ男子相手に、そこまで気を使う必要はないと思うけどな。

だいたい春香は変に意識してあれこれしなくても、自然体で十分に可愛いんだからな？

もし俺が幼馴染に未練たらたらじゃない一般男子なら、間違いなくその行動に勘違いさせられてしまっているところだぞ？

もしかして俺に気があるんじゃないかってな。

ま、その辺はいつもオシャレでいたいとか、どんな男子相手であっても常に可愛く見られたいとか、女の子にしかわからない感覚があるんだろう。

「ううっ、こーへい、わざと言ってるんじゃないんだよね……？」

「何の話だよ？」

「うう――っ！」

「女心は難しいな……って何の話してんだっけ？」

「こーへいの教え方が上手って話だよ！　ふーん！」

「なんでキレてんだよ？　でもそういうことなら、またテスト前にでも一緒に勉強会やらないか？」

「え、いいの？」

「もちろんいいぞ。むしろ俺も結構勉強がはかどったから、定期的にやってもいいくらいだし。帰宅部だから放課後になにか予定があるわけでもないしな」

「じゃ、じゃあ中間テストの前は一緒に勉強ってことで、約束ね♪」

「わかった、約束な。あ、でも今度は俺の英語を春香に見てもらうからな？」

「もちろんだし♪」

やたらと嬉しそうに言ってくる春香の様子を見るに、よほど俺の教え方が良かったんだろう。

意外な才能が見つかったかも？

「それじゃあ勉強終わったことだし、ちょっとだけお菓子でも食べない？」

「今からか？　もうすぐ晩ご飯の時間だろ？」

「偶然ちょうど焼いたばかりのクッキーがあったりするんだよね。ほら、前に来た時に美味しいって言ってくれたでしょ？　だからどうかなって思ったんだけど……だめかな？」

もしかして俺と勉強会をするからわざわざ焼いてくれたのかな？

――なんてな。

変な勘違いはやめておこう。

「そういうことなら食べていこうかな。前のクッキーはすごく美味しかったし」

「ほんと!?　じゃあすぐに取ってくるね——って、あわっ!?」

嬉しそうな顔で勢いよく立ち上がった春香が、派手にバランスを崩した。

俺もとっさに立ち上がって春香の身体を抱きとめる。

「大丈夫か春香？」

「えへへ、ありがとこーへい。立ったら急に足に痺れがきちゃって……あたたた……」

「それ俺も経験あるよ。大丈夫だろって思って立ったら、全然大丈夫じゃないやつ。でもこけなくてよかったよ。怪我したら大変だし」

「うん……えっと、その……ちょっとだけこうしててもいいかな？」

「まだ足は痺れてるだろ。治るまでゆっくりしててくれていいぞ」

「えへへ、ありがと。ん……」

春香はそう言うと、俺の背中に両手を回して体重を預けてきた。

さらには俺の首元に顔をうずめてくる。

春香の柔らかい女の子の感触と温もりがじんわりと伝わってきて、その息遣いが妙に気になる——って、ちょっと待て!?

よく考えたら今の俺たちってすごい格好してないか!?

完全に抱き合っちゃってるよな!?

他に誰もいない春香の家で、しかも春香の部屋で二人きりという状況で！

「こーへいの身体ってガッシリしてるね……男の子って感じがする……」

「ま、まぁな。昔からアウトドア派でけっこう運動してたから」

「こうやってるとすごく安心できるかも……」

「お、おう……そうか……」

お、落ち着け、落ち着くんだ。

俺はそういう卑しい下心的な意図があったわけでは決してなく、こけそうになった春香を反射的に助けようとしただけなんだ。

だから今のこの抱き合ったような状態も、単なる偶然の延長に過ぎないんだ。

春香がやけにぎゅっと抱き着いてきてる気がしなくもないけど。

でも足が痺れているんだから上半身でしっかりしがみつこうとするのは、当然っちゃ当然だもんな。

だから勘違いするなよ広瀬航平。

これはただの不可抗力なんだ。

お前はずっと一緒だった幼馴染にすら振られてしまうただの惨めなミジンコなんだ。

春香みたいな可愛い女の子が自分に気があるかも、なんて思っちゃいけないんだ。

なんでもないことのように振る舞うんだ。

そうだ、頭の中でさっきやってた数学の復習をしよう。

小テスト前なんだから何回復習しても損はないしな――！

そんな風にしばらく二人で抱き合った後。

「えっと、そろそろ離しても大丈夫か？　まだ足は痺れてるか？」

いつまでたってもくっついたままで動こうとしない春香に、俺はおずおずと問いかけた。

「あ、えっと……もうちょっとかも？　ダメかな……？」

そう言って俺を見上げる春香の目が、潤んでいるような、いないような。

「まさか。治るまでゆっくりしてくれていいゾ」

うぐっ、さらっと返そうとして緊張でちょっと声が裏返ってしまった。

変なこと考えてるとか思われたかなぁ……。

「うん……」

だけど春香はさっきよりも強くぎゅっと抱き着いてきて、俺の心臓は否応なくドキドキドキドキと鼓動を速めていく。

でも春香の足が痺れてるんだから仕方ないよな？

春香も他意はないはずだから。

ないはず、ないはず、ないはず……。


とまぁこうして。

初めての勉強会は最後にちょっとだけハプニングがあったものの、つつがなく終了した。

ちなみに春香の手作りクッキーは作り立てというだけあって、前に食べたものよりもサクサクふわふわしていて、文句なしに美味しかった。

■4月14日■

勉強会をした翌日。

「こーへいってお昼休みにいつもパン買いに行ってるよね？　今日は二人分のお弁当作ってきたんだ。一緒に食べよう？」

昼休みそうそう春香の放ったその一言で、クラス中（の特に男子）が激しくざわついた。

「くっ、ついにラグナロクが来てしまったか……」

「ああ、数多の神話に記された終末の日だ……」

「見ない振りをしていたリアルな現実を、これでもかと見せつけられたぜ……」

「なんで広瀬……いやいい奴だけどさ……」

「もっとモテそうな奴ならまだしも広瀬だもんな……」

「春香ちゃんの手作り弁当……」

「まさにプライスレス……」

「俺の春香ちゃんが広瀬のものに……」

「少なくともお前のじゃねぇからな」

なんてつぶやきがクラスのあちらこちらから聞こえてくる。

ちょっと失礼な感想もあったけど、実のところそういった男子の気持ちが俺も割と理解できてしまう。

たしかに俺と春香はこれまでも名前呼びしあう、ちょっと特別な関係だった。

休み時間なんかは二人でいることが少なくないし、登下校だっていつも一緒だ（これは単に家が近所だからだけれど）。

それでも春香と一緒に通学する男子は他にいなかったし、春香から名前で呼ばれる男子も俺だけだった。

初めて会った時に言われた「春香でいいよ？　みんなそう呼ぶし」の「みんな」が「女の子はみんな」であると気付くのに、そう時間はかからなかったわけで。

それでも俺たちの関係はぎりぎりまだ友だち以上、恋人未満で踏みとどまっていたと思うんだ。

だがしかし、これはどうだろうか？

女の子が作ってきた手作り弁当を一緒に食べるというのは、明らかに一線を越えてしまっているんじゃないだろうか？

主にカップル成立的な意味で。

クラスのみんながざわめくのは、これはもう無理もないというものだ。

もし俺が当事者でなければ同じように思ったことだろう。

でも春香のこれは、そういう意図じゃないんだよな。

最近気付いたんだけど、おそらく――いや間違いなく。

春香は俺に対して、ピースケを助けてもらった恩義を感じている。

それでこうやって事あるごとに、高校生活のスタートを見事に失敗した俺のことを構ってくれているのだ。

そうでなければ春香みたいにクラスでも人気のある可愛い女の子が、幼馴染にすら完膚なきまでに振られてしまう惨めなアリンコのような俺と、こんなに仲良くしてくれるはずがないもんな。

まったく春香は悪い子だよ。

こんな俺じゃなければ速攻で勘違いしてしまって、今日の放課後にでも春香を校舎裏に呼び出して告白タイムしちゃうところだぞ？

よかったな春香、俺が幼馴染に振られたのに未練たらたらなミジンコ野郎でさ。

って、はぁ……自虐しすぎると本気で悲しくなってくるな……。

「そっか、この前帰り道で俺の好きな食べ物とか嫌いな食べ物をあれこれ根掘り葉掘り念入りに聞いてきたのは、これが目的だったのか」

「これが目的だったのか——って何その言い方？　こーへいはいったい何と戦ってるの？」

「なんだろう、弱い自分自身とかかな？」

「はぁ……今日のこーへいはちょっとよくわかんないかも？」

「でもそれならそうと朝来る時に言ってくれたらよかったのにさ」

「そこはそれ、こーへいを驚かせたかった的な？　粋なサプライズ演出ってやつ？」

「バッチリ驚かされたよ」

「うんうん、作戦は大成功だね。それよりほらほら食べて食べて。唐揚げが好きって言ってたでしょ？　いっぱい入れてきたんだー」

そう言ってフタを開けた弁当箱に入っていたものは――、

「いっぱい入れてきたっていうか、唐揚げと白米しか入っていないような……」

まさかの唐揚げオンリー弁当だった。

弁当箱の約三割が白米で、残りの七割には唐揚げがぎっしりと詰め込まれている。

なんていうか名付けるなら「ＴＨＥ・からあげ」。

「え、だって唐揚げが一番好きだって言ってたよね？　一応ネットでも確認したんだけど、男の子は唐揚げさえあれば他には何もいらないって書いてたよ？」

「それは否定はしないけども」

でもそれは多分、わかりやすい例として極端に書いただけじゃないのかなぁ。

「というわけで完成したのが、この唐揚げ弁当なのです」

ものすごいどや顔で言う春香は、それはそれは可愛かったんだけど。

だからといって唐揚げと白米しか入っていないガッツリ唐揚げ弁当を男子に作ってくるのは、女の子的に果たしてどうなのか……。

女子力とかだいぶん前に流行っていたけど、もう完全に死語なのかな……？

春香の将来がちょっとだけ心配になる俺だった。

いや俺としては嬉しいんだけどね？

控えめに言ってとっても嬉しい。

だってこれが俺が初めてもらった「女の子の手作り弁当」だから。

女の子に初めてお弁当を作ってもらって嬉しくない男子って、いる？

「じゃあ、いただきます。それとお弁当を作ってくれてありがとう。すごく嬉しいよ」

「いえいえどういたしまして」

俺が素直に感謝の気持ちを伝えると、春香は嬉しそうに微笑んだ。

「じゃあいただきます……うん、美味しい」

春香に渡されたお箸を使ってさっそく唐揚げを食べ始める。

「よかったー。いっぱい食べてね♪」

「クッキーも美味しかったし春香は料理上手だよな」

「うちは共働きだから、小さい頃から自分で家事をする機会が多かったんだよね。だからお料理も自然と身に付いた感じかな」

「えらいなぁ春香は。俺は母さんが全部やってくれるから、家事とかほとんどしたことがないんだよな。たまに食器洗いするくらいで」

「小さい頃は面倒だなって思ってたんだけど、やってるうちにすぐに慣れちゃった。でもそのおかげでこうやってこーへいにお弁当も作ってあげられるし、結果的にはよかったかなー」

そういう春香は楽しそうな顔で俺が食べるのを見つめている。

「春香は食べないのか？」

「あ、うん。食べるよ」

そう言いながらも、春香はなかなか食べ始めようとはしない。

仕方がないので俺は正直に白状した。

「なんていうかその、マジマジと見られてるとちょっと食べづらいかなって……」

今まではあんまり意識したことがなかったんだけど、こんなにじっと見つめられてしまうと、食べ方が汚かったらどうしようとか少しだけ気になってしまう。

「えへへ、めんちゃい。どんな反応するかなってつい気になっちゃって」

春香は小さく笑うと、今度こそ自分のお弁当を食べ始めた。

とても小さいお弁当箱で、本当にそんな量で足りるのかちょっと心配になるくらいだ。

そういや千夏のお弁当箱も春香と同じくらい小さかったよな。

物理でエネルギー保存の法則ってあったよな？

どうなってんだろ？

女の子のお弁当箱の小ささは、男子にとっては七不思議の一つだと思う。

まぁそれはそれとして。

春香謹製の唐揚げ弁当は味付けも抜群で、とてもとても美味しかった。

「ごちそうさま、すごく美味しかった」

食べ終わった俺は、改めて春香に感謝の気持ちを伝える。

感謝と好意だけはいくら伝えても損はないからな。

「いえいえお粗末さまでした。また今度作ってくるね。もちろん今度はちゃんと他のおかずも入れてくるから楽しみにしててね？」

「ああ、次の機会も楽しみにしてるよ」

こうして何でもない高校のお昼休みは、初めての「女の子の手作り弁当」を存分に堪能するという素敵すぎる時間になったのだった。

◇

その日の帰り道。

お弁当を作ってきてくれたことへの感謝を改めて春香に伝えつつ、他愛もない話をしながら人通りがあまりない住宅街を歩いていると、

「ねぇねぇこーへい、動画って見る？　ユーチューブとか。わたしはちょこちょこ見るほうなんだけど」

話の切れ目に春香がそんなことを尋ねてきた。

「時々だけど俺も見るぞ。特にすることない時の暇つぶしとか、どうしても勉強する気になれない時とかにいい気分転換になるし」

「わかるー、疲れた時とかすごくいい気分転換になるよねー。リフレッシュ！　って感じで。

ねぇねぇ、こーへいはどんな動画見るの？」

「んー、そうだな……野球やサッカーのスーパープレー集とか珍プレー集に、あとはランキングとかお勧めで適当に目についたのとかかな？」

「やっぱりスポーツ系なんだね」

春香がふんふんと納得したように頷く。

「それとクラスで話題になっているのも見るかな。会話のきっかけ作りにできるかもしれないしさ。実は初日に派手に出遅れたのもあって、仲のいい友だちがほとんどいないんだよな」

「あはは……こーへいも結構苦労してるんだね」

「実はな」

「しょうがないから、しばらくはわたしがこーへいの数少ないお友だちとして面倒を見てあげるね。感謝するよーに！」

「言われなくても春香にはマジで感謝しまくってるっての。春香への感謝度は１００％超えて１５０％くらいいっちゃってるから。これマジ話な」

春香がいなければ――あの日春香と偶然出会わなければ、今頃俺の高校生活は完全に真っ黒一色だったろうから。

「えへへ、そうまで言われると照れちゃうかも？　もう、こーへいってば口が上手いんだから」

「よっ、さすが春香！　日本一！　いや銀河一！」

「ごめんこーへい。露骨にヨイショされすぎて、さすがにちょっと冷めてきたかも……」

言葉通り、春香が冷めた視線で見つめてくる。

「……俺のほうこそごめん、何でもやりすぎはよくないよな。でも感謝してるのは本当なんだ。ありがとうな、春香」

「えへへ、それはもちろんわかってるしー」

さっきの態度はまったくの冗談だったんだろう、春香はすぐに元通りの可愛い笑顔へと戻ってくれた。

「それで春香はどんな動画を見てるんだ？　テニスか？」

「わたしは基本、動物系かなー。可愛いくてほっこりするのとか、お間抜けネコちゃんワンちゃんとか」

「動物系か、春香らしいな」

動物系の動画を見る春香と、スポーツ系を見る俺。

その辺はお互いにイメージ通りのようだ。

「でね？　超お勧めのお間抜けペット動画があるんだけど」

言いながら春香がスマホを取り出した。

これはつまり「今からちょっと見ない？」って意味だろう。

俺たちは道の脇に寄ると、二人顔を寄せ合って春香のスマホを覗き込んだ。

すぐに動画の再生が始まったんだけど、春香が超お勧めと言うだけあって俺は初っ端から笑いをこらえるのに必死だった。

住宅地で大きな笑い声をあげるのはヒンシュクを買うので、なんとか笑いをかみ殺そうとして、でも堪えきれなかった。

「ククッ、これこんなに必死に助走しなくても、本来軽く飛び越えられる高さだよな？」

「飼い主さんにいいとこ見せたかったのかもねー」

颯爽と走ってきた猫が華麗にフェンスを飛び越えようとジャンプして、完全に目測を誤って顔面からフェンスにダイブする動画や。

「だから咥えてる枝を縦にしろよ!?　横のままだから引っかかるんだろ!?」

長い木の枝を公園から持って帰ろうとして、入り口の車両侵入防止柵に引っかかって動けなくなるも、必死に引っ張り続ける犬の動画などなど。

俺は人通りの少ない住宅街の一角で、春香お勧めのお間抜けペット動画をツッコミ連発で見ていたんだけど——。

たまたま動画の切れ目にほとんど同じタイミングで俺たちはお互いのほうを向き合ってしまい、その時に俺と春香の鼻と鼻がちょこんと先っぽで軽く触れ合ってしまったのだ。

「あ……」

不意の身体的接触に春香の身体がビクンと小さく震えて硬直し、

「う……」

春香と同じように俺も身を強張らせて動きを止めてしまう。

そのまま超がつくほどの至近距離で、向き合ったまま硬直してしまう俺と春香。

「え、えっと……」

目の前にある春香の顔がみるみるうちに真っ赤になっていって。

「な、なんだよ……」

俺も顔が火照って火照ってしょうがなかった。

春香の息遣いがやけに大きく感じられ、なんとなくその瞳も潤んでいるような——、

「ママー、今あの二人チュウしたよー！　チュウ！」

「しっ、見ちゃいけません。指差すのもだめよ、見ない振りをするの。ほら来なさい」

突然、通りすがりの親子から指摘されて俺たちは我に返った。

慌てて二人同じタイミングでパッと反対側に顔を背ける。

「えっと……」

「お、おう……」

「そ、そろそろ帰ろっか」

「そ、そうだよな。そろそろ帰ろうか」

顔を背けたままでぎこちない会話を交わすと、俺と春香は逃げるようにその場を離れたのだった。

■4月17日■

「水族館に来るのって久しぶりかも！　小学校の時にお父さんに連れていってもらって以来かな？　今日は誘ってくれてありがとうね、こーへい。しかもおごりだし♪」

「いいっていいって。元は親にもらったタダ券だから」

高校生活が始まってから二度目の日曜日。

俺と春香は家からそう遠くないところにある水族館へと遊びに来ていた。

「でもそれでわたしを誘ってくれたんだから、やっぱりありがとうだもん♪」

そう言ってにっこり笑った春香は、水族館の暗がりと淡い光とが相まってとても幻想的に俺の目に映る。

髪形も普段と同じはずなのに、なんとなくいつもよりもふんわりと柔らかいような気がした。

時おり髪をかき上げた時に見える白くて華奢なうなじが、ドギマギするくらいに魅力的だった。

でも、だ。

スカートが結構短くて目のやり場にちょっと困るんだよな。

事あるごとにチラッと見えてしまう太ももの白さが、どうしても気になってしまうんだ。

私服が似合ってることを褒めたついでにそれとなく尋ねてみたら、『スカートの短さは女の子の気合に比例するの！』って力説されたので、今日は相当気合が入ってるんだろう。

よほど水族館に来るのが楽しみだったに違いない。

「こんなに喜んでくれるんだから、俺のほうこそ春香を誘ってほんとによかったよ」

父親の仕事の関係でちょくちょく割引券やタダ券を貰う俺は、こういう時はいつも決まって千夏を誘っていた。

だから親も当然、今回も千夏と行くものだと思って渡したんだろうと思う。

だけど最近になってやっと前みたいに話せるようになったとはいえ。

残念ながら振られたばかりの幼馴染を水族館に遊びに誘うような、そんな超合金の鋼メンタルを俺は持ちあわせてはいなかった。

代わりに——という言い方は失礼すぎるな。

千夏以外で真っ先に思い浮かんだのが春香の顔だったんだけど。

うん、春香を誘った俺、グッジョブだな。

「あ、もしかしてこーへい。今、子供っぽいやつだなとか思ったでしょ？」

「そんなこと全然思ってないから」

春香みたいな素敵な女の子に、実質同居の幼馴染にすら相手にされない俺ごときがそんな大それたことを思うはずがない。

「ほんとかなぁ？」

そう言いながら春香は顔を寄せてくると、ちょっとかがんで見上げるようにして俺の顔を覗き込んでくる。

だから距離が近いってば。

あと無防備すぎるぞ。

ただでさえ暗くて静かでロマンチックな雰囲気があるってのに、さらに可愛らしく上目づかいとかされちゃったら俺はもうドキドキするしかないだろう？

俺はなるべく「そういうこと」を意識しないようにして、跳ねようとする心臓を必死に抑える。

「ほんとだってば。感情を素直に出す女の子って話しやすいし、一緒にいるとこっちまで楽しくなるし、俺は好きかな」

「す、好きって!?」

春香がぴょこんと小さく跳びあがった。

「えっ？　ああごめん、違うんだ！　今のは特定個人がどうのってわけじゃなくて、そういうタイプがってことな」

春香が驚いた理由を察した俺は、慌てて言葉を付け加える。

危ない危ない。

もう少しで春香にイタい男子だって勘違いされてしまうところだった。

『は？　なにそれ？　休みの日に一緒に遊んだだけでもう彼氏面？　ありえないんだけど？しかもタダ券だし』みたいなことを春香に思われたくはない。

「でも、そーゆー女の子を、こ、こーへいは、好、好、す、す……き、嫌いじゃないんだよね？」

「まぁ、な。素直に思ってることを言い合える感じの女の子は嫌いじゃない、っていうかタイプかな」

「そっかぁ、えへへ……嫌いじゃないし、タイプかぁ……」

冴えない俺の意見でも褒められるとやはり嬉しいのか。

両手の平を首筋に当てて嬉しそうに微笑む春香はとても可愛らしかった。

もし俺が幼馴染に振られて心に傷を負ったパッとしないヘタレじゃなければ、今度こそ俺に気があると勘違いしてこの場で突然の告白タイムをおっぱじめてしまうことだろう。

まぁそもそも俺はまだ千夏のことを諦めきれていないんだけどさ――って、さっきからずっと何やってんだ俺。

女の子を遊びに誘っておいて、なのにこともあろうに他の女の子のことを考えているだなんて最低すぎるだろ。

俺は痛々しい男子の妄想と、千夏という幼馴染の存在を今度こそ頭の中から追い出した。

「そろそろイルカショーが始まるから見に行かないか?」

「あ、行く行く! 実は事前にチェックして楽しみにしてたんだよね! 最前列――は濡れちゃいそうだから、濡れない程度に前目かな?」

「……ってことは前から五列目くらいかな? その辺はスタッフに聞いたほうが早いか」

「もし濡れそうになったら、こーへいがわたしのこと守ってね? えへへ、なんちゃって」

「え? ああ、ごめん。イルカショーへの順路はどっちかなって、案内表示を探しててよく聞こえなかったんだ。もう一回言ってくれないか？」

春香の言葉をつい聞き漏らしてしまった俺は、なんて言ったのかをごくごく自然な流れで確認したんだけど――。

「うぅ――っ!!　こーへいのばーか！　こーへいのおたんこなす！　この女たらし！　ほら、はやくイルカショーに行くんだしっ！　あっちだよあっち！　イルカショーって書いてるでしょ！」

なぜか春香が急に怒り出してしまったのだ。

「なに急にキレてんだよ？」

「こーへいが悪いんだもんっ」

「えっと、割と本気で意味がわからないんだが……あと女たらしではないだろ？　って、ああおい、待てって春香。一人で先に行くなよな」

拗ねたようにずんずん一人で進んでいく春香を、若干腑に落ちない気持ちを抱きながらも俺は小走りで追いかける。

「もう、こーへいはわざとやってるとしか思えないんだもん」

「ほんとに聞こえなかったんだって。ごめんな、この通り」

でも俺が手を合わせて拝んで謝ると、実はそんなに根深い怒りではなかったのか春香はすぐに機嫌を直してくれた。

「別にわたしも本気で怒ってるわけじゃないしー。じゃあ仲直りの印に、こーへいはわたしをイルカショーまでしっかりとエスコートするように。もちろん濡れないけどよく見えるギリギリ前の席にね」

「かしこまりました春香様」

「あはは、なにそれ？」

「ご主人様の命令なら何でもパーフェクトにやってのける敏腕執事？」

「ぜんぜん似合ってないし。こーへいは絶対おっちょこちょいの見習い執事だしー」

「それは言うなってての」

そしてちょっとの会話で俺たちはすっかり元通りの関係へと戻っていた。

さらには水しぶきを上げてイルカが飛び上がった瞬間を背景に、ピースした春香の写真を見事にフレームに収めてみせた俺に、

「すごいよこーへい、ベストショットだし！　後でグループラインでみんなに送って自慢しよっと♪」

春香はとってもご満悦だった。

とまぁそんな感じで、その日は一日春香との水族館デートをめいっぱい楽しんだ。

【春香ＳＩＤＥ　～グループライン～】

「えへへ、水族館のイルカショーで最高の一枚が撮れました！」

『うわ、いいじゃん！』
『いいなーあたしも行きたーい』
『私お金なーい
誰か連れてってー』

「ふふん、でしょでしょ？」

『ところで春香は誰と行ったの？』
『そりゃあもちろん愛しの広瀬くんでしょ？』
『だよねー普段と笑顔のキラキラ度合いが違うもんねー』
『水族館デートとか暗くて雰囲気たっぷりだもんね』
『ロマンティックー』
『無駄にティックとかゆーな（笑）』
『おやおや？　さっきから春香の返事がないぞ？』
『急に静かになっちゃったね？』

『おーい、はるかー』

「別に誰と行ったっていいじゃん
それよりイルカショーすごかったんだよ
ザブーンって！」

『うわ、露骨に話をそらしたよ？』
『これもう答え言ってるようなもんだよね（笑）』
『みんな応援してるんだから素直になりなよー』

「だからこーへいとはそんなんじゃないんだってばぁ
たまたま一緒に行っただけだし」

『どんなたまたまだおい！』
『たまたま仲のいい男子と水族館デートするという謎理論（笑）』
『春香がテンパってる』

「こーへいとは普通の友だちだもん」

『残念ながら普通の友だちにお弁当は作ってこないかなぁ』
『普通の友だち↑読み方カレシ』
『それな！』

「だから違うんだってばぁ」

『大丈夫大丈夫
春香は可愛いから』
『そうそう自信持ちなよ』
『一組の相沢さん狙いでもない限り春香ならぜったい大丈夫だから』

「相沢さんって？」

『一組のめちゃくちゃ美人な人』
『私この前廊下で見た！
美少女オーラ出まくっててヤバかった！
私らとは存在レベルが違う感じ』

『髪サラサラだしアイドルみたいだよね
何食べたらああなるのかな？』
「へー、一組にそんな綺麗な人がいるんだ」
『おやおや気になっちゃった？』
『そりゃ気になっちゃうでしょ
恋のライバルかもしれないし』
『どうだろ？
ヘタレな広瀬くんがあのレベルを狙うことはないと思うけどなー』
「そんな綺麗な人がいるなら今度見に行ってみようかな」
『そんな気にしなくて大丈夫だよ
遠くの相沢さんより近くの春香だから』
『そうそう、うちのクラスと六組は教室も端と端だし』
『距離感は春香がダンチだから気にする必要なーし』

「あ、うん」

「じゃなくてこーへいとはまだなんでもないんだから！」

『まだ!?　今までだって言った』

『つい本音が出た的な？』

『春だねー春香だけに』

「もういいでしょ
この話は終了！」

『ごめーん春香怒らないでー』

『イルカの話しよイルカの話』

『そうそうもっと聞かせてー』

◇

「もう、みんなお節介なんだから。っていうかほんとに全然カレシとかじゃないのに」

仲のいいクラスメイトとグループラインでやりとりをしながら、わたしは小さな声でつぶやいた。

「それはその、こーへいは優しいし話しやすいし、ピースケの命の恩人だし……一緒にいてすごく楽しいし、多分好きかも……なんだけど。でもでもこーへいの気持ちだってあるもんね」

こーへいは好きな子とかいるのかな。

それが気にならないと言えば嘘になる。

ううん、気にならないわけがなかった。

「でも、そんなことずけずけと聞けないよね。聞いたら勘違い女って思われるかもだし」

こーへいに『は？　なにそれ？　休みの日に一緒に遊んだだけでもうカノジョ面？　ありえないんだけど？』とか思われたら最悪だもん。

だから今はまだこのままでいいんだ。

このままの関係が続いていけばいいんだ。

この関係が続いていけば、いつかきっと――。

【第3章】

■4月18日■

「ふぅ……やっと終わったか……。疲れたぁ……はぁ……」

六時間目の古文の授業を終えた俺は、イスの背もたれにだらしなく身体を預けながら天を仰いでつぶやいた。

肺の奥の奥から深い深いため息をついてしまう。

今日は帰りのホームルームがない日だった。

なので授業が終わったと同時に気が早い生徒たちは教室を飛び出し、そうでない生徒たちも友人たちと話を始め、教室は既に放課後の喧騒に包まれている。

そんな騒がしい教室にはしかし、俺と同じように疲労感を隠しきれない生徒たちが何人もいた。

春香もその一人で、

「毎日みっちり六時間授業って疲れるよね～、んーー！」

リフレッシュするべく両手を上げてうーんと可愛く伸びをしている。

「それもあるんだけどさ。授業をしてくれる先生にはほんと申し訳ないんだけど、正直言って五時間目体育の後の六時間目古文はもはや苦行だよ」

「あはは、だよね。すっごくわかる。わたしも六時間目が始まってからずっと襲い来る睡魔との戦いだったもん。寝なかった自分を自分で褒めてあげたいくらい」

「俺もだ。時間がなかなか進まなくてさ。なんかもう体感で二時間くらいあった気がする」

「時間の速さが違う――相対性理論ってやつだね」

「いやそれ絶対違うから」

「おやおや？　絶対違うと断言できるほどこーへいは相対性理論に詳しいのですかな？」

「えっ？　いやそりゃ特に詳しいわけじゃないけど……っていうか春香だって絶対わかってないだろ？　ちょっと名前知ってるだけだろ？」

「あはは、そんなの高校生にわかるわけないしー」

「なにその返し、ずるっ!?」

「わたし別に知ってるなんて一言も言ってないもーん」

「開き直りやがったな!?」

俺と春香は放課後特有の緩いテンションで、帰る用意をしながら中身のない会話をして笑い合う。

しかもなんでか知らないけど放課後だって思ったら急に、さっきまであった眠気が嘘みたいになくなっちゃうんだよな。

人間ってほんと不思議な生き物だよなぁ。

「そんなことよりほら見てよ？　わたしなんて寝ないようにシャーペンで二十回くらい手を刺してたんだよ？」

その言葉の通り春香が見せてくれた左手親指の付け根は、なにか鋭利なもので何度も突いたように赤くなっていた。

「なんだ、みんな考えることは同じか」

春香と同じようにシャーペンで突いて赤くなってしまった自分の親指の付け根を見せながら、俺は苦笑する。

「わたし思うんだけど、そもそもこんな時間割を組んだことからして間違ってると思うんだよね」

「だよなぁ。ひたすら睡魔との戦いになることくらい、ちょっと考えればすぐにわかるはずだよな」

「こんな時間割で睡魔に襲われない高校生って、いる？」

「いるわけがないよな」

状況はこうだ。

うららかな春の午後。

お昼ご飯を食べて気持ちが緩んだ後に、体育で身体を動かして心地のいい疲労感を覚え。

そんな状況でさらにトドメの一撃とばかりに、定年間近のお爺ちゃん先生のゆったりとした古文の授業を静かに座って受ける。

これはもう言うなれば即死コンボだろ？

大幅に学習意欲を削ぐだけで百害あって一利なしだよな？

日本政府はなるべく早いうちに閣議決定して、この凶悪すぎる時間割を禁止にするべきじゃないかな？

「ま、それも無事に終わったことだし。春香、今日も一緒に帰ろうぜ」

「あ、えっと。ごめんこーへい、今日は先に帰ってもらってもいい？」

いつものように自然な流れで一緒に帰ろうと誘った俺に、だけど春香は少し申し訳なさそうに言葉を返してきた。

「どうしたんだ、急な用事でも入ったのか？」

「えっとね、ちょうど今友だちからラインが来たんだけど」

言いながら春香がスマホを見せてくる。

「俺が友だちとのやりとりを見ちゃってもいいのか？」

「別に隠すようなことは書いてないから大丈夫だよー」

「ならいいけど」

許可を得た俺は春香のスマホを覗き込む。

「でね、ほらここ。友だちのね、部活の先輩が生徒会のメンバーなんだけど。文化祭の準備をそろそろスタートしようって思ったら、過去の資料が見つからないらしくて」

「それはちょっとまずそうだな」

生徒会による学校行事の企画立案はどこもだいたい、生徒会顧問の先生の指導の下で過去の資料を参考に行うのが普通だろう。

というか俺が中学時代に千夏に頼まれて生徒会の手伝いをした時は、おおむねそんな感じだった。

なのに過去の資料が見つからないとなると、全て手探りで準備しないといけなくなってしまう。

「でもその子は部活があっていけないから、代わりに資料探しを手伝ってもらえないかって頼まれたんだよね」

「なるほど、そういうことか」

「だから急でごめんね。今日は帰りは別々ってことで。じゃあまた明日ね、こーへい」

春香が両手を合わせてごめんなさいのポーズをしてから離れていこうとする。

そんな春香を俺は呼び止めた。

「なあ春香、それって人手が多いほうがよかったりするか？」

「それはもちろんそのほうが早く終わるとは思うけど」

「なら俺も手伝ってもいいかな？」

「こーへいが？　いいの？」

「ああ。こう見えて資料の整理とかは結構得意なんだ」

「そうなんだ？　なんかちょっと意外かも」

「実は中学の時に生徒会――」

「こーへいって中学で生徒会なんてやってたの!?」

よほど意外だったのか。

俺が最後まで言い終えるよりも先に、春香が驚きの声を被せてきた。

「あ、いや、俺は違ったんだけど。生徒会をやってた幼――、えっと知り合いの手伝いをしたことがあるんだよ」

「それでも十分すごくない!?」

「そうか？　ただの手伝いだぞ？」

「だってだって、それってつまり生徒会の人からこーへいが頼りにされてたってことなわけでしょ？」

まるで推しアイドルとリアルに会った熱心なファンのような、すごくキラキラした目で春香が言った。

「ま、まあな……」

「ってことは実質、こーへいは生徒会メンバーと同レベルってことだよね？」

「う、うん。まぁそんな風に言えなくも……ないのかもしれないかな？」

「生徒会っていったら優秀な人の集まりだもんね。そんな人たちと同レベルだなんて、こーへいはすごいねぇ。やるぅ♪」

「そ、そうでもないさ。ははは……」

ごめんなさい。

俺は今、見栄を張ってしまいました。

本当は幼馴染ってだけの理由で手伝いを頼まれたのに、まるで生徒会から頼りにされていたすごい人、みたいなフリをしてしまいました。

春香が誤解しているのをいいことに、自分を実際よりも良く見せようとしてしまいました。

可愛い女の子の前で――春香の前でいいカッコをしたかったんです。

マジほんとごめんなさい。

「そういうことならこーへいにも手伝ってもらうね。なにせ生徒会のお墨付きで、実務経験まであるんだから」

「お、おうよ」

「じゃあ行こっか。頼りにしてるからね、こーへい♪」

「ま、任せとけって」

ちょっと誇張表現をしてしまったものの、生徒会活動を手伝った事実は事実。

春香の期待を裏切らないためにも、ここは全身全霊をもって取り掛かろう！

春香と一緒に生徒会室に向かいながら、俺は心の中で自らを強く叱咤激励した。

春香と連れ立って生徒会室に行くと、生徒会長をはじめとする生徒会メンバーが総出で出迎えてくれた。

「蓮池さんと広瀬くんだよね。生徒会長の有栖川《ありすがわ》よ。今日は手伝ってくれてありがとう。人手が足りなくて困っていたの」

有栖川先輩が――優しそうな三年生の女の人だ――ふんわりと微笑んだ。

「こちらこそ生徒会の皆さんのお役に立てるようがんばります」

「同じくがんばります！」

俺と春香はそろって小さく頭を下げる。

「それで何を探せばいいんでしょうか？　大ざっぱに過去の文化祭の資料と聞いているんですけど」

「探して欲しいのは直近五年分の文化祭の資料ね。本来なら重要行事の資料は年度ごとにファイリングされているはずなんだけど、文化祭の直近五年分のものだけがどこにも見当たらないの」

「わかりました、直近五年分の文化祭の資料ですね」

「あの、有栖川先輩。探す場所の目星はついてるんですか？」

春香が律儀に手を上げながら質問をする。

「目星っていうか、多分ここに置いてある段ボールのどこかに間違えて入ってるはずなんだけど。なにせ去年の生徒会長は本当に適当な人で、それ以上のことはなんとも……」

愚痴をこぼしながら、有栖川先輩は生徒会室の壁の一角に大量に積み上げられた段ボールを指差した。

「わわっ、すごい数ですね」

それを見た春香がとても率直な感想を述べる。

正直、俺も同意見だった。

「だから人手が必要だったわけですね」

「毎年のように資料が増えていって、でも置き場がないから段ボールに詰めて保管するようになったみたいね」

「ってことはやっぱり、こーへいを連れてきて正解だったね。頼りにされる男こーへいの実力、ばばっと発揮しちゃってね！」

「お、おうよ……」

ヤバイぞ、春香の期待の度合いがマジハンパない。

実は春香の思い違いだから——とは今更もう言い出せない雰囲気だ。

これはマジのガチにがんばらないと……。

「じゃあそういうわけで。これで全員揃ったから、地味な作業になっちゃうんだけど、みんなで力を合わせてパパっと終わらせちゃいましょう！」

有栖川先輩の号令一下。

俺と春香は他の数名のお手伝い組と生徒会メンバーと一緒に、文化祭の資料探しを開始した。

早速、段ボールを開けて中の資料を片っ端から確認していく。

「こーへい、そんなに早くて見落とさない？　大丈夫？」

始まって数分、ハイペースで資料をめくっていく俺を見て、春香がちょっと心配そうに尋ねてきた。

「俺ってかなり動体視力がいいんだよ。だからパッと見たら見分けられるんだ」

「なにそれチート？　人生二周目？」

「なに言ってんだよ、野球やってたから自然と身に付いただけだよ」

「わお！　さすがはリトルリーグの四年生レギュラーだね♪　中学でも続ければよかったのに」

「それは言うなっての……」

「えへへ、めんちゃい」

いたずらがばれた子供みたいに、春香が軽く握ったゲンコツで自分の頭を可愛くこつんとした。

オッケー、可愛いから許した。

「ふふっ、広瀬くんと蓮池さんは仲がいいんだね」

そんな俺たちのやり取りを見て、有栖川先輩が興味深そうに話しかけてくる。

「なんてったって、こーへいは命の恩人なんですから」

「へぇ、それはまたすごいんだね広瀬くんは。命の恩人だなんてなかなかないんじゃない？」

「なにせうちの自慢のこーへいですから」

「なにそのわたしが保護者ですよみたいな言い方……っていうかですね有栖川先輩、命の恩人って言っても、春香が飼っている子犬の命の恩人って意味ですからね？」

「あら、そういう意味だったのね」

有栖川先輩がポンと小さく手を打った。

「入学式の帰りに春香の飼っているピースケをたまたま助けて、それがきっかけで仲良くなったんです」

「しかも実は超ご近所さんだったんだよねー」

「家がお互いに川沿いで、川を挟んでお互いの家が見えるんですよ」

「ってことは実質お向かいさんかぁ」

「なのに中学の学区は別で、それまでは会ったことがなかったんだよねー」

「ちょうどその川が学区の境目だったんですよ」

「なるほどねぇ、つまり二人はドラマチックな運命の出会いをしたわけだ。いいねぇ、アオハルだねぇ」

まるで自分に起こったことのように楽しそうに言う有栖川先輩。

生徒会長といえどもやはり思春期の高校生。

有栖川先輩もこういう話は好きなようだった。

「えへへ、それほどでもあったりなかったり？　ね、こーへい♪」

「まぁ極めてレアなケースではあったよな。こんなに近くに住んでるのに中学校の学区が違ってたのかって、びっくりしたからな」

「そっちかーい……」

俺の返事を聞いた春香がガクリと肩を落とした。

「ええっ、なんでだよ？　初めて会った時にあんなに学区の境目の話で盛り上がったじゃないか」

「それはそうなんだけどねー。それよりほらこーへい、手が止まっちゃってるよ」

「おっとわりぃ」

話に夢中になって完全に手が止まってしまっていた。

これじゃあ役に立つどころか逆に足手まといだ。

俺は気持ちを入れ直すと、再び集中して資料探しを開始した。

しばらく無言で資料の山と格闘を続けていると、

「お、あったっぽい。えーっと、これは五年前の文化祭の資料かな？」

俺はそれらしき資料を発見した。

「こーへいやるぅ。一番乗りじゃん」

「たまたま俺が探してた中にあっただけだよ」

とかなんとか謙遜して言いつつも。

春香に褒められてまんざらでもなかった俺は、少し得意顔で有栖川先輩のところに資料を確認してもらいに向かう。

「有栖川先輩、多分これだと思うので確認をお願いします」

「どれどれ……？　うん、これこれ。ありがとうね広瀬くん。すぐに抜けがないか確認するからちょっと待っててね」

「了解です」

「ちなみになんだけど、どこに挟まってたの？」

「『生徒会・備品購入申請書（申請済み）』のファイルに、間違って一緒にファイリングされていたみたいですね」

俺は資料が挟まっていたファイルを有栖川先輩に手渡した。

「はぁ、どうして文化祭の資料がこんなところに……本当にあの人は適当なんだから……」

ファイルをペラペラとめくりながら小さくため息をつく有栖川先輩。

「あの人」ってのはきっと先代の生徒会長のことなんだろうな。

だけど文句を言いながらも、その口調に親愛の情がこもっているのを俺はなんとなく感じ取っていた。

後から生徒会の人の話を春香経由で聞いたんだけど。

有栖川先輩は去年の生徒会でも書記をやっていて、その時に先代の生徒会長にとてもよくしてもらっていたんだそうな。

先代の生徒会長は女子だったらしいので恋愛感情ってわけではないんだろうけど、それに近い感じの好意を持っていたのかも。

それはさておき。

「これで残りは四年分だな」

「よーし、わたしもがんばって見つけようっと。こーへいには負けてられないからね」

「その意気でがんばれよ」

「なんか急に上から目線だし」

「だって結果出した俺のほうが今は確実に上だろ？」

「こーへいが完全に調子乗ってるし。さっきはたまたまだって言ってたのに」

「ははっ、冗談だってば。さ、続きやろうぜ。まだまだ先は長いからな」

「はーい」

その後も俺たちはみんなで協力して資料探しを続け、完全下校時刻が来る前に見事、全ての文化祭資料を見つけ出したのだった。

「みんな、今日は遅くまでご苦労さまでした。おかげで必要な資料は全て見つかりました、ありがとうね」

「お疲れさま、こーへい」

「春香もお疲れ」

「それとお手伝い組の人たちには、ささやかですが生徒会からのお礼があります。といっても生徒会の予算は毎年かつかつなので、ペットボトルのお茶とお菓子を小分けにしただけなんだけど」

少し申し訳なさそうな顔の有栖川先輩から、ペットボトルのお茶一本と個包装のピーナッツチョコ数個を手渡され、俺と春香は生徒会室を後にした。

その帰り道。

「こーへいは生徒会とか入ったらいいんじゃない？　場慣れしてるっていうか、みんなで仕事するのが得意そうな感じあったよ？　初めての相手にもあんまり物おじしないし」

春香がそんなことを言ってきた。

「野球もサッカーもチーム競技だったからかな？　チームには同学年以外に先輩も後輩もいるのが当たり前だったし、みんなで何かをやるのは結構向いてるのかも」

俺はなんとなくそれっぽい理由を見つけて答える。

パッと思いついた理由だけど、おおむね間違ってないんじゃないだろうか。

「でしょ？　それにほら、内申点が高かったら大学の指定校推薦とかも貰えるかもだし。知ってる？　うちの高校って早慶に一つずつ推薦枠持ってるんだって」

「でも生徒会に入るには生徒会役員選挙をやらないとダメなんだろ？　しかも入ったら入ったで部活よりも拘束がきつそうだし、モチベ的に俺にはちょっと無理かなぁ」

行事の準備をしたり本番当日も裏方で走り回る生徒会の仕事は、いわば生徒全員への奉仕活動だ。

仮に自分の推薦を得る目的だったとしても、それを一年通して率先してやり続ける生徒会メンバーは本当にすごいと思う。

正直、俺にはちょっと真似できない。

「そっかぁ。でも途中で気が変わるかもしれないしね。来年急にこーへいのモチベが上がるかもだし」

「うーん……ないだろうな」

「わかんないよ？　ある日突然麦わら帽子を被ってきたと思ったら、『生徒会長に俺はなる！』って言い出すかもだし」

「どう見ても漫画に感化された人じゃないか、それ」

「でも人生何が起こるかわからないからねー」

「まぁその時はその時だな」

「こーへいが生徒会長に立候補する時はわたしが応援演説してあげるね」

「ああうん……ありがと」

「あれ？　なんか反応がビミョーな感じ？」

「そ、そんなことはないぞ？」

「あやしー……」

「別に怪しくないって。ほら、お菓子あげるから機嫌直せよ？」

俺はさっきお礼にもらったピーナッツチョコを春香に差し出した。

「わたしはちっちゃい子供かーい！」

とかなんとか言いながら、春香はちゃっかりピーナッツチョコを持っていく。

「でも持っていくのな」

「えへへ、わたしピーナッツチョコ好きだから……」

春香がちょっと恥ずかしそうにはにかんだ。

ちなみに俺の反応が微妙だったのには訳があって。

春香みたいな可愛い子に応援演説をされたら、男女問わずヘイトを集めて対抗馬に票が流れるかも、とかちょっと思ってしまったからだ。

もし俺が投票する側だったとしたら。

春香みたいに可愛い女の子に熱心に応援されている男子を、果たして応援したくなるだろうか？

薄汚い嫉妬心から、ついつい相手に票を入れてしまいそうな気がしなくもない。

でもそんな風に、春香からのせっかくの厚意を損得で考えた時点でアウトなんだよな。

春香とはこれからも損得じゃない、なんでも言い合える関係を続けていきたい。

「どしたのこーへい、急に黙っちゃって。もしかしてピーナッツチョコを返して欲しいとか？」

「俺は小学生かーい！」

「あ、こーへいが真似したし！　真似っ子したし！」

「ごめん、使いやすそうだったからつい……」

俺と春香は他愛もない会話で盛り上がりながら、いつもと比べてすっかり暗くなった通学路を帰っていった。

■4月19日■

「今日は朝から暑すぎだろ……なんだよこれ……マジ死ねる……」

「まだ四月中旬なのに最高気温27℃だもんね……もうこれ夏じゃん？」

下校中の俺と春香は、季節を先取りしすぎたあまりの暑さの前に、道半ばでへばへばのへばへばにへばりきっていた。

二人ともとっくに上着のブレザーを脱いで、シャツとブラウス姿になっているものの。

四月という時期の27℃とは、そんな小手先の対策ではいかんともしがたいほどに猛烈な暑さだった。

「実際、25℃を越えたら夏日って言うからな……俺が言ってるんじゃないぞ、気象庁が言ってるんだからな……」

「夏日ってことは、つまり今日はもう実質夏ってことだよね……？」

「そういうことだよな……」

「だっていうのにわたしたちが着ているこれはいったい何……？」

「生地の分厚い冬服の制服だな……」

「実質夏なのに冬服の制服を着用だなんて、今の教育システムには根本的に問題があるんじゃないのかな……？」

「その意見にはまったくもって同感だ……」

「これはもう可及的すみやかに聖域なき教育改革を断行しないとだよね……」

「おお、なんか無駄にカッコいい言い回しだ……でも今はそれが逆にちょっと暑苦しいまである……」

「ごめんね、わたしもそう思った……」

「そういえば夏場と違ってまだ身体が暑さに慣れてないから、余計に暑く感じるって聞いたことがあるな……」

「へー、そーなんだ。あーあ、これが地球温暖化の影響？　暑いよぉ。ううっ、汗かいちゃうし……」

「俺も汗が止まらない……暑い……」

「暑いね……」

俺たちの口からは、もはや「暑い」以外の言葉は出てきそうになかった。

そんな早すぎる初夏の陽気にさらされた春の帰り道。

「悪い、そこのスーパーに寄っていいかな？　もう無理、限界。アイス買いたい」

「それならついでにフードコートで涼んでいかない？」

「いいな、賛成だ」

満場一致でスーパーに入った俺たちを、すぐにひんやり涼しい空気が出迎えてくれる。

「おおっ、エアコンが効いてる！　神か！」

「涼しいねー、生き返るねー！　天国だねー！」

外の熱気から解放された俺たちはほっと一息つくと、たちまち元気を取り戻した。

そして元気になって向かう先はもちろんアイス売り場だ。

冷凍コーナーまで行くと早速、色とりどりのアイスたちが俺たちの眼前に現れる。

「こーへいこーへい、ガリガリ君のチョコミント味！　わたしのお勧めだよん♪」

ついてすぐに春香が真っ先に指差したのは、よりにもよってチョコミント味だった。

賛否真っ二つに分かれる「あの」チョコミント味である。

そして俺はガチガチの否定派だった。

「悪い、俺チョコミントだけは絶対ダメ派なんで。絶対の絶対な」

「ええっ、チョコミント超美味しいじゃん」

春香はそう言うけれど。

「残念ながら俺には歯磨き粉を食べてるようにしか思えないんだ。好きな人には悪いけど、正直言ってあれは食べ物じゃないと思ってる」

「えー、もったいないなぁ。すごく美味しいのに」

「こればっかりはもう絶対にわかり合えない自信がある。何があっても俺にはチョコミントだけは無理だ」

阪神ファンと巨人ファンが決して相容れないのと同じように、チョコミント肯定派と否定派は決してわかり合えない定めなのだ。

食べ物の好き嫌いはほとんどないんだけど、チョコミントだけは何をどうしても無理な俺だった。

「それならしゃーないね。次いこ、次」

「だな」

無益でしかないチョコミント戦争を回避した俺たちは、他のアイスを見て回っていく。

「モナ王って名前が可愛いよね。モナ〜、モナ〜って鳴き声みたい」

「あんまり気にしたことなかったんだけど、改めて聞くと王なのに妙に庶民感がある、なんとも趣深い名前だな……」

「わっ、こーへい見て見て！　パピコの新作！　つぶつぶキウイ味だって」

「へぇ、果実感が高めだってさ。美味しそうだな」

パピコは二本のチューペットがくっついたような形をしている定番のアイスだ。

「わたしキウイのアイスって初めて見たかも？　結構レアじゃない？」

「そう言われてみれば俺も見たことない気がするな。じゃあレア度も考慮してとりあえず候補で」

しばらくアイスの棚を物色して、これにしようかなっていうのを決めてから、

「春香はもう決まった？」

俺がなにげなく尋ねると、

「えっとね？　実はその、今月はちょっと金欠ぎみなんだよね。だからアイスはパスかなー。

次のお小遣い日まであと二日、わたしは悲しい倹約生活だから」

　顔を赤らめてちょっと恥ずかしそうに言う春香。

「そうだったのか、了解。じゃあ俺はこれにするから」

そう言うと、俺は最初に候補にあげたパピコのつぶつぶキウイ味を手に取った。

「あ、結局それにするんだ」

「出たばっかりの期間限定の新商品だしな。せっかくだからこれにしようかなって。次来たらないかもしれないし」

「買うか買わないか迷ったら、買え！　買わずに後悔するより、買って後悔しろ！　ってやつだね。わかる！」

「そこまで気合が入ったもんでもないんだけど。じゃ、会計してくるな」

「うん、わたし先にフードコート行って、席とって待ってるね」

「よろ。レジすいてるし俺もすぐ行くから」


ワオーンと鳴く電子マネーでちゃちゃっと会計を済ませた俺は、パピコ片手にフードコートで再び春香と落ち合った。

二人席に向かい合って座ると、

「ほい、半分こしようぜ」

俺はパピコをパキっと二つに分けて、そのうちの一本を春香に差し出す。

「い、いいよ、こーへいが一人で食べなよ」

だけど春香は遠慮がちに言いながら手を小さく横に振って、受け取ろうとはしない。

「そんな遠慮すんなってば。この暑いのに俺だけアイス食べるのはさすがに気が引けるだろ？　その点パピコなら簡単に二つに分けれて便利だしさ」

「それは、そうかもだけど」

「ほら春香、早く取って取って。既に俺の体温でじわっと溶け始めてる感あるからな。溶ける前に食べようぜ」

「あ、うん……」

「それに期間限定だから次に来た時はないかもしれないんだぞ？　俺の感想しか知らないまま、永久にコイツとお別れしちゃうかもしれないんだぞ？　いいのか？」

「そうまで言ってくれるんなら……ありがとね、こーへい。いただきます」

「うんうん、いただいてくれ」

春香はパピコを受け取ると、早速はむっと先っぽを可愛く咥えてちゅーちゅーし始めた。

俺も同じようにパピコを咥える。

「んー、冷たくて美味しいー」

「な、遠慮せずに食べてよかっただろ」

「だねっ。身体の中から冷やしてくれる感じ」

「冷房はどうしても身体の表面だけだもんな」

しばらく二人でパピコをちゅーちゅーしていると、

「あっ、これって、こーへいからもらった初めてのプレゼントだよね……えへへ」

ふいに春香が嬉しそうにつぶやいた。

「別にそんな大したもんじゃないだろ……っていうか、パピコ半分こしただけだし。いいのかそんな安い女で。実売価格50円くらいだぞ？」

「いいんだもーん。むしろ学校帰りにパピコ半分ことか、すっごく青春っぽくて素敵だもーん♪」

「うっ……」

だからなんの前振りもなく、いきなりそんな可愛いにっこり笑顔を俺に向けるのはやめてくれないかな？

無防備で自然体すぎる笑顔が反則級に可愛すぎて、すごくドキッとしちゃうじゃないか。

「どしたの、こーへい？」

「ああ、いや……なんでもないよ。すごく美味しいなって思っただけ」

俺はドギマギしていることを悟られないように平静を装って答える。

「ほんと思ってた以上に美味しいよね。すっごくキウイキウイしてる感じ」

「だよな、つぶつぶ感がヤバイよな」

「凍らせたキウイの果肉を食べてるみたいかも」

「でも単にキウイを凍らせただけじゃなくて、アイスとしてちゃんと美味しいんだもんな」

二人そろってパピコをちゅーちゅーしつつ、俺たちは食べた感想を言ったりしてだべりながら涼をとる。

「アゲリシ○ス～アゲリシ○ス～♪」

さらには不意に春香が口ずさんだフレーズに、

「『キウイでアゲリシ○ス～♪』」

俺は反射的に乗っかってしまった。

「うわっ!?　こーへいがノリノリで乗ってくるなんてめずらしいね？」

「つ、ついな……耳に残るフレーズだから覚えちゃって……」

実はCMで見て妙に気になってしまい、ネットで動画をチェックして歌うだけでなくダンスを踊れたりもするんだけど。

それを言うのはさすがに恥ずかしいから内緒にしておく。

特に音楽センスがあるでもない俺が、中学時代に動画を見ながら可愛いダンスを一生懸命部屋で練習していたとか、かなり黒歴史感があるからな。

自信満々で千夏に披露した日に向けられた優しい目と、「がんばって練習したんだね」って言葉が今思い返しても辛いです……。

「でもほんと美味しいし。さすがパピコに外れなしだね」

「お、それなんかすごく名言っぽいな」

「でしょでしょ？」

「でも実はぜんぜん大したことは言ってないよな、パピコは美味しいって言ってるだけだもんな」

「この調子でチョコミント味も出せばいいのにね？」

「おいパピコ、間違っても俺を失望させるんじゃないぞ？　俺はお前のことを信じてるからな」

「その時はこーへいに半分あげるからね、いっしょに食べよ？」

「悪いがノーサンキューだ。断固拒否させてもらう」

「いーじゃんこーへい。そんなつれないこと言わないで、一緒にチョコミントをキメようよ？スーッとして気持ちいいよ？」

「なんだよそのアメリカドラマに出てくる、主人公に悪い遊びを教えてくれるチャラい先輩みたいな勧め方は」

「たいがい最初のほうで殺されちゃうんだよね」

「そうそう。殺されるまでいかなくても酷い目には遭うんだよな」

そんな感じで。

半分こしたパピコを二人で食べつつ楽しくアゲリシ○スをして。

しばらくフードコートでだべってから、俺たちは日が落ち始めるとともに一気に暑さが引いていった通学路を、肩を並べて帰っていった。

朝から暑すぎてしんどいだけの一日は、だけど最後はとても楽しく終わりを迎えたのだった。

■4月20日■

放課後。

高校の昇降口をちょうど出ようとしたタイミングで、不運にも雨が降り始めた。

「うげっ、雨が降ってきたんだけど……」

「くっそー、予報では夜に降り出すって言ってたのになぁ」

ぽつぽつと水滴を落とし始めた灰色の空を恨めしく見上げる俺の横で、

「もー、こーへいったら。備えあれば憂いなしだよ？　天気予報は１００％当たるわけじゃないんだから、こういう日は折りたたみくらい持ってこないとだし」

ちょっと呆れたように言いながら春香が笑う。

「だってほら、朝晴れてたからさ。ここから崩れていっても、予報通りギリいけるかなって思ったんだよな」

ちなみに降水確率は午前が10％で午後は30％、そして夜にかけてが80％だった。

な？　これなら全然いけそうだろ？

「もう、しょーがないなぁ。傘ならわたし持ってきてるし、一緒に入って帰ろ？」

春香がピンク色の可愛らしい傘を開きながら、さらっとそう言ったんだけど、

「えっ？　いやえっと、うん、いや、その、なぁ？」

俺はなんと返したものかと、返答に困ってしまった。

「どうしたの？」

そんな俺を見て春香がキョトンと首をかしげる。

「いや、だからな？　俺が春香の傘に入れてもらうってことはだ」

「ことは？」

「つまりその、いわゆる相合傘になっちゃうんじゃないかと思うわけでだな……」

「い、いいじゃん別に！　相合傘くらい減るもんじゃないし！　こーへいのケチ！　イケズ！　ヘタレ！」

「なんで急にキレてんだよ……あとそのセリフは絶対に逆だろ？」

普通は傘に入れてもらうほうが、ケチケチせずに入れてよって感じで言うんじゃないのか？

「もう、入るか入らないかどっちなの？」

「入れてくれるんならそりゃ入るよ。ありがとうな、春香」

「うむうむ、素直でよろしい。じゃ、一緒に帰ろっ♪」

「お、おう」

とまぁそういう経緯で。

俺と春香は一つの傘に入って——いわゆる相合傘で帰宅することになった。

傘を持つのはもちろん背が高い俺だ。

いや俺の背は男子高校生としてはあまり高くないんだけど、女の子の春香と比べたら相対的に高いって意味な。

学校の近くだと同じ高校の生徒の視線が気になったものの、少し離れるとほとんど学生はいなくなったのでその意味ではよかったかな。

というのも高校から俺や春香の家へと向かうルートは、電車通学の生徒の通学路とはすぐに分かれてしまうからだ。

ただまぁその、な？

なんて言うかさ？

春香が近いんだよな。

それもすごく近いんだ。

一つの傘に二人で入ってるんだから、そりゃあ当然二人の距離は近くなるんだけどさ？

なんかもう完全にくっついちゃってるんだよね。

その状況になんとも気恥ずかしくなってしまった俺は、春香がこうまで近づかなくてもいいようにと傘の中心を春香のほうに少しだけずらしてみる。

だけど、

「ねぇ、こーへいの肩、濡れてない？　もっと真ん中に来たら？　わたしもうちょっと端でも大丈夫だよ？」

気が利く春香はそれにすぐに気付いて、そんな風に言ってくるんだ。

「さすがにそれはダメだろ、もともと春香の傘なんだし。それに女の子を濡らすのは、男の子的にはすごくダサいっていうか」

「ふむふむ、男の子のプライド的なものがあるわけですな？　じゃあ、こうしよっか——」

言うが早いか春香は俺の腰に手を回しながら、ぎゅっと密着するように身体を寄せてきたのだ——！

「ちょ、おい、春香——」

「な、なによ？」

「いやだって、さすがにこれは恥ずかしいだろ？　人目もあるし……」

密着するように身体を寄せ合って相合傘してるとか、傍から見たら言い訳がきかない完全無欠のバカップルだ。

あとその、どことは言わないんだけどな？

春香の柔らかすぎるとある部分が、俺の身体にぎゅむっと押し付けられていましてですね？

「この辺りは住宅街だから人目は少ないよ？　そもそも今日は雨だから、ほとんど誰も外に出てないし」

「それはそうなんだけど……」

なおも言いよどむ俺に、

「それに恥ずかしいって言うならわたしだって恥ずかしいもん。ってことはつまり、お相子ってことだよね」

春香はナゾ理論でまくしたててくる。

赤信号、みんなで渡れば怖くないってか？

「その意見はどうなんだろうな……？　っていうか、やっぱ春香も恥ずかしかったんじゃないか。春香の顔、リンゴみたいに真っ赤だぞ？」

「当たり前でしょ？　男の子と一緒に相合傘するとか、恥ずかしくて当然だもん。こーへいはわたしをいったい何だと思ってたの？」

「いや、割とそういうこと気にしないサバサバ系女子なのかなって」

「気にしまくりだし！　ちょお恥ずかしいし！　緊張だってするし！」

「だよな、ぅん」

「それに……男の子なら誰とでも相合傘するとか思われたら、心外だし……」

しかも春香は上目づかいで見上げながらそんなことを言ってくるんだ。

「お、おう……わりぃ……」

「こーへいとなら、してもいいんだし……」

「あ、うん……ありがと……」

「みなまで言わせるなだし……」

「お、おう……」

春香はそこまで言うとさらにギュッと身体を密着させてくる。

ちょっと足を延ばして俺の家の前まで送ってもらったその瞬間まで。

俺は相合傘の下で、何とも言えない甘い空気にそわそわしっぱなしだった。

■４月22日■

「ごめんこーへい。わたしちょっとスーパーに寄って帰るから、こーへいは先に帰っててくれる？」

学校からの帰り道、スーパーの近くを通りかかった時に春香が少し申し訳なさそうな様子で言ってきた。

「買い食いなら付き合うぞ？」

「買い食いじゃないし！　こーへいの中のわたしはどんだけ腹ペコさんなんだし」

「冗談だってば。何買うんだ？　おつかいか？」

春香が何を買うのかちょっと興味があったので聞いてみる。

「実はね、食材とか生活用品とかお母さんにガッツリ買ってくるように頼まれてるの。今日特売のチラシが入ってたから」

「そういうことか」

「だから結構時間かかりそうな感じなんだよねー」

「そんなの気にしなくていいって。どうせ帰っても特にすることはないしな。適当にダベりながら一緒に買い物しようぜ」

「んー、でもぉ……」

「それにガッツリ買うなら持って帰るのも大変なわけだろ？　男手があったほうがよくないか？」

「さすがにそれはこーへいに悪いでしょ？　完全に荷物持ちじゃん？」

「たくさん買うのがわかってて、それで春香一人に持たせようとするほうがよっぽど悪いっての。俺を女の子を見捨てるようなダメ男にさせないでくれよな？」

「こーへいがそうまで言ってくれるんなら、せっかくだし付き合ってもらおうかな」

「決まりだな」

というわけで春香の同意を得た俺は、買い物をするため春香と一緒に近くのスーパーへと向かった。

入り口でショッピングカートに上下一つずつカゴを載せると、まずは生鮮食料品を見て回る。

「まずは最優先の特売98円の玉子でしょ。あ、お一人様一個までって書いてあるから、こーへいがいるから二個買えちゃうね。ラッキー♪」

「やれやれ。ただいるだけなのに早速役に立ってしまったか」

「さすがだね、こーへい♪　よっ、98円の男！」

「いや、俺の価値、低すぎないか？　98円って……」

「もう、そんな意味じゃないってば。特売の玉子が二個買えてすごく感謝してるんだから。ほんとこーへいは頼りになるねー」

「お、おう……」

春香に嬉しそうな顔で頼りになると言われてしまい、俺は無性に気恥ずかしくなってしまう。

なんだか最近こういう気持ちになることが多い気がする……なんでだろうか？

「じゃあ次いこっか。次は玉ねぎ五個にジャガイモ六個でしょ、ニンジン二袋、大根、きゅうり四本、ケース売りのミニトマト、春キャベツ、なすび、豆苗……」

俺がショッピングカートを押し、春香がスマホのメモを見ながら次々と買い物かごに商品を入れていく。

「手慣れたもんだなぁ。俺なんか野菜売り場なんてほとんど来たことないから、どこに何があるかすら全然わかってないのに」

次々と売り場を移動して商品を手に取っては、良さげなのをテキパキと品定めして買い物かごに入れていく春香の姿に、俺はずっと感心しきりだった。

「昔からよくおつかいはしてたんだよねー」

「そっか、春香の家は共働きだもんな」

「そうそう。だから必然的にお買い物にも慣れちゃったわけなんですな」

「なるほどな。でもそれでもやっぱりすごいよ。まだ高一になったばっかりなのに、すごく大人な感じがする」

大人な一面を見せる春香を、俺は素直に褒めたたえた。

同級生の女の子の見慣れない姿には憧れすら感じてしまう。

「えー、そう？　隠しきれない大人の女性感がにじみ出ちゃってる？」

「これでもかとにじみ出まくってるぞ」

「えへへ、ちょっと嬉しいかも。あ、これで生鮮食品は全部終わったから、あとはサラダ油とかマヨネーズとかお味噌とか、それとトイレットペーパーとかお米とかの日持ちするのだね」

「ほんとにガッツリ買うんだな。こんなの絶対に一人で持って帰れないだろ？」

「一応トイレットペーパーとお米は買えたら買っておいて、くらいにしか言われてないから」

「そりゃそうだよな」

春香のお母さんはスパルタ気質なのかと思わず勘ぐってしまったよ。

「でもこーへいがいるからお米は無理でもトイレットペーパーは買えそうかも。軽いけどかさ張るから、一人だと持って帰るのは無理かなって思ってたから。帰ってからもう一回来るのはちょっと面倒くさいしねー」

「おいおい、お米も買えるってーの。持って帰るのは俺に任せてくれ」

お米を買うことを端から諦めているかのような春香に、俺は自信満々に告げた。

まぁ、な？

春香みたいな可愛い女の子の前でいいところを見せたいっていう気持ちがね？

なくはなかったというか。

俺も年頃の男の子なので。

「でも買うお米って10キロだよ？　大丈夫？」

「大丈夫大丈夫。俺は運動は得意なほうだから。それに中学の時は片手でダンベル16キロとか持って筋トレしてたんだぜ？」

「へぇ、そうなんだ。でもサッカー部にそんなに腕の筋肉っているの？　サッカーって腕は使わない競技だよね？」

「……いやまぁほとんどいらないんだけどさ」

「え？　じゃあなんで？」

春香が不思議そうな顔を向けてくる。

「中学二年の夏頃にさ、スポーツ関連のメーカーに就職した卒業生からトレーニング用具の寄付があったんだよ。それでサッカー部内でダンベルトレが流行ったんだ」

「あはは、なにそれ。なんでサッカー部にダンベル寄付するんだし」

「なんか大きなのは部室に置き場がないから小さい器具ってことで、ダンベルとメディシンボールになったって聞いたけど」

「あ、それすっごくわかるかも！　部室って狭いもんね。みんなで着替えたらそれだけでいっぱいになっちゃうし」

「だよな。しかも夏はサウナみたいに暑くて、冬は外かよってくらいに寒いんだ」

「それもわかる～。夏休みの練習とか、お昼過ぎの部室の温度ヤバいもんね。まだ外のほうが風があって涼しいくらいだったし」

「そうそう、それで昼休憩とかは外にある日陰の取り合いになるんだよな」

「でもお昼頃ってほとんど真上に太陽があるから、日陰自体が全然ないんだよねー」

「しかも太陽が動くにつれて、その数少ない日陰の位置が変わるんだよなぁ」

「わかる〜。疲れて顔に濡れタオル乗っけて目をつぶってぐてーっとしてたら、気付いたら足が完全に日なたに出てたりとかするんだよね」

「暑さでハッ、てなるよな」

お米や味噌が売っているグローサリー売り場に向かう間、俺と春香は『運動部あるある』で大いに盛り上がった。

そして俺は盛り上がった気分のまま意気揚々と言った。

「まぁそういうわけだから、ここは大船に乗ったつもりで俺に任せてくれないか？」

「うーん、そこまで言うならお米も買っておこうかな……？」

少しためらいながらも、春香は10キロのお米を下のカゴに入れた。

だがしかし。

普段こういった買い物をまったくしない買い物ド素人の俺は知らなかった。

お米10キロがマジで重いということを。


お会計を済ませた春香が、お米とトイレットペーパー以外の商品をエコバッグ二つに綺麗に詰める姿にまたまた感心させられて。

そしてスーパーからの帰り道。

「はぁ……はぁ……はぁ……」

俺は大きく膨らんだエコバッグを右手に持ち、お米を左腕で抱きかかえるように持ちながら帰り道を歩いていた。

呼吸を少し乱しながらも、しかし必死に歯を食いしばって腕を苛む疲労に抵抗する。

「こーへい、大丈夫？　わたしがちょっと持とうか？」

玉子とかの割れやすいものと、豆苗とかのつぶれやすいものを入れたエコバッグを腕にかけ、12ロール入りトイレットペーパーを両手で抱え持った春香が心配そうに尋ねてくる。

「……大丈夫だ、問題ない」

「それって有名なゲームの有名な死亡フラグだっけ？」

「いやほんとマジマジ、マジで問題ないから。これくらい俺に任せとけって……ふぅ……」

そうだ、問題はないんだ。

この横断歩道を渡ってしまえばもうすぐに春香の家につく。

もうちょっとの辛抱なんだ――、

「あ、信号が赤になっちゃった。ここの信号って一度赤になると青になるまでが長いんだよね」

「ぬぐッ……」

もうあと少しというところで赤信号に捕まってしまい、横断歩道の手前で立ち止まらざるをえなかった俺は、春香の言葉に心の中で涙した。

間が悪いことこの上ない。

だがしかし！

耐えろ、耐えるんだ広瀬航平！

ここが正念場だ、心を奮い立たせろ！

長いと言っても青になるまで二分もかからない。

ここまで歩いてきた時間のほうがよっぽど長いじゃないか。

ってことは余裕で耐えられるはずなんだ。

……でもさ？

赤信号で立ち止まって一歩も前に進めないのって、歩いている時と比べて疲労感がはるかに大きいんだよ。

精神的にきついっていうか、重いというただその一点に全ての意識がいってしまう。

しかも時間の流れがやけに遅く感じてしまうのだ。

まだか、まだ青にならないのか？

もう赤になって五分くらい経ってないか？

もしかして信号が壊れてるんじゃないか？

ああくそ、腕の感覚がヤバイ。プルプルしてる。

ずっと力を入れっぱなしの両腕の筋肉たちが、この過酷な環境から早く解放しろと抗議の声をあげている。

早く青に変わってくれ、早く青に変わってくれ、早く青に変わってくれ――！

無駄だとわかっていても藁にもすがる思いで必死に祈りながら、俺は信号が青になる瞬間を待ち続けた。

そして青になった瞬間！

俺は最後の力を振り絞って猛然と歩き出した！

行けっ、航平！

最後の気力と体力を振り絞れ！

ゴールはもうそこだ――っ！


春香の家についてすぐに、最後の気力を振り絞ってお米とエコバッグを玄関に優しく下ろした俺は、通学リュックを背負ったまま玄関にへたり込んだ。

「お疲れ、こーへい。それとありがと。はい、お水」

「サンキュー春香…………ぷはぁ」

コップになみなみと注がれた水を春香から貰って、ゴクゴクと一気に飲み干す。

「まだ冷たい飲み物が家になくてお水しか出せなくてごめんね」

「そんなことないよ。身体中に染みわたってく。あー、マジで生き返る……」

こんなに水が美味しいと感じたのはいつ以来だろうか。

真夏の炎天下での練習の時以来かな？

「あまり余計なこと言わないほうが気が楽かなって思って言わなかったんだけど。さっきのこーへい、かなり無理してたでしょ？　顔とか真っ赤だったし、心配してたんだからね？」

「偉そうなことを言ってたのにほんと面目ない。あんなに大変だとは正直思ってなくてさ」

もう二度とお米10キロくらい余裕で持って帰れるなんて言いません。

「でもおかげで助かっちゃった。ありがとね、こーへい。ほんとこーへいは頼りになるんだから♪」

「お、おう……」

でもま、こんな風に春香に素敵すぎるにっこり笑顔で言われちゃったらさ。

しんどい気持ちも吹っ飛ぶし、苦労した甲斐もあったたってなもんだよな。

水を飲んでホッと一息ついた俺は、今度は限界を超えて頑張ってくれた腕の筋肉を揉みほぐしていく。

「ねぇねぇ、腕疲れちゃったでしょ？　お礼にマッサージしてあげるよ、腕とか肩とか」

するとそんな俺を見て春香が思いがけない提案をしてきた。

「別にそんなのいいってば。元はと言えば俺が言い出したことなんだし」

買い物に慣れた春香の意見を聞き流して自信満々で勝手に安請け合いしておいて、勝手に大変な目に遭っただけだ。

人それを自業自得という。

「まぁまぁそう言わないでよ。こう見えてわたし、マッサージには結構自信あるんだよ？」

「そうなのか？」

「テニスってやっぱり腕が疲れるから、部活終わりにみんなでよくマッサージをギブ・アンド・テイクしてたんだよね」

「なるほどな」

「ね、せっかくだしわたしのマッサージを無料体験していっちゃってよ？」

「ならちょっとだけやってもらおうかな……？」

ちょっと腕のマッサージをしてもらうくらいならお願いしてもいいかな、と俺は軽い気持ちで春香の言葉に甘えることにしたんだけど。

春香の部屋にあがった俺は、

「じゃあベッドに寝てくれる？　あ、うつ伏せでね」

春香にさらっとそんなことを言われてしまい、あからさまに動揺してしまっていた。

「え、えっと？　ベッドにって、え？　いや、あの……え？」

だって仕方ないだろ!?

実質同居の幼馴染ならまだしも、まだ知り合って日が浅いクラスメイトの女の子のベッドに寝転がるとか、完全に想定の範囲外だろ!?

「横になって脱力したほうが絶対気持ちいいから、ほら早く早く」

「それならベッドじゃなくて床で横になるよ」

「お礼をするのに床に寝かせるわけにはいかないじゃんか。わたしどんだけ上から目線さんだし」

「いや、でも」

「ほらほら、遠慮しないでベッドに横になって、ねっ？」

「ま、まぁそこまで言うんなら……」

春香本人がいいって言ってるんだからいいよな？

いいんだよな？

いいってことなんだよな!?

俺は意を決すると、春香に言われるがままにベッドに横になった。

その途端に春香と同じ甘い匂いが、ふんわり優しく俺の身体を包み込んでくる。

まるで春香と抱き合っているかのような錯覚を覚えてしまい、なんていうかその、俺も男の子なのでどうしてもそわそわしてしまってしょうがなかった。

「春香のベッドで春香の匂いに包まれてマッサージ」って極限状況に、否応なく男子高校生の思春期の心が反応してしまう。

ふぅ、落ち着け、落ち着くんだ俺。

これは徹頭徹尾、春香の感謝の気持ちの表れであって、決してよこしまな気持ちになるようなことじゃないんだ。

せっかく好意でマッサージをしてくれる春香も、俺が邪念を抱いているのがわかったら嫌な気持ちになるだろう。

せっかく仲良くなった春香に『なにこいつ勘違いしてるの、きもっ……』とか思われたら最悪だ。

だからここは煩悩を振り払って仏の心になるんだ。

そうだ、俺は生き仏・広瀬航平だ――――！

「じゃあ最初は腕全体をほぐしていくね。ってこーへい、身体の力を抜いてくれないとだし。なんかガチガチだよ？　はい、リラックスの呼吸・壱ノ型、深呼吸ー」

俺の腰の辺りにマウントポジションを取った春香が言ってくるものの、

「わ、悪い……」

脱力して呼吸を深くするとだな？

春香の匂いが肺の奥まで入ってきて、余計にいけない気分になっちゃうんだよ。

それでも俺はどうにかこうにか気持ちをコントロールして身体を弛緩させた。

「あ、いい感じになったかも？　じゃあ始めるねー」

俺の身体から力が抜けたのを見て取った春香が、早速マッサージを開始した。

まずは右腕を抱えられると、肘を伸ばしたままで背中側に九十度持ち上げられ、胸の辺りから手のひらに向かっての筋肉が一直線に伸ばされる。

「あぁぁ……それすっげぇ気持ちいい……。めっちゃ伸びてる……うあぁぁ……」

得も言われぬストレッチ感に、俺は思わずため息のようなしっとりとした声をあげてしまった。

「でしょでしょ？　うつ伏せで脱力した状態で腕を背中側に持ち上げてもらうのって、もうそれだけで気持ちいいんだよねー」

「ほんとマジで気持ちいいよ……肩とか腕の疲労が一気に抜けてく気がする……ふあぁぁぁぁぁ……」

「ふふっ、よく効いてるみたいでよかった。じゃあ今度は反対の手ね」

春香が今度は俺の左腕を抱えると、これまた伸ばしたままで背中側に九十度持ち上げる。

「こっちもめっちゃ伸びてる……あぁぁ……やばい、ちょお気持ちいい……」

「よかったー。でもこーへい、普段あんまりストレッチとかしてないでしょ？　ちょっと身体硬いよ？」

「んー、そうだな。部活やってた頃は毎日ストレッチしてたんだけど、最近は朝走る前に軽く準備運動するくらいかなぁ」

「じゃあ今日はマッサージしつつ、しっかりいろんなところを伸ばしてあげるね。筋肉って身体中で繋がって連動してるから、腕が疲れただけって思ってても背筋とか結構いろんなところに疲労が連鎖してるんだから」

「さすがマッサージマイスターの春香様だな。あとはもう全部お任せするよ」

「あはは、マッサージマイスターって何それだし。じゃあ次は首の付け根から肩甲骨の辺りをマッサージしてくね」

その後も腕とか背中とかいろんな部位を丁寧にマッサージしてもらった俺は、終わった頃には、

「あー気持ちよかった。もうすっかり元通りだ。むしろ荷物持ちをする前よりも身体が軽くなってるような気がするかも」

腕や肩を中心に、見違えるように身体が軽くなっていた。

「けっこう疲労が溜まってたっぽいよ？　お風呂上がりとかにストレッチして筋肉をほぐしてあげるといいんじゃないかな」

「そうだな、春香のおかげで効果があるのはよくわかったし、今日からちょっとやってみるか」

「長続きするように、根を詰めないで気楽にね。継続は力なり！」

「アドバイスサンキューな」

気付かないうちに身体に疲労が溜まっていたことを実感した俺は、この日から毎日お風呂上がりにストレッチをすることにした。

■4月23日■

春らしい穏やかな天気の休日、その昼下がり。

普段使いのベルトがちょっとヘタっていたことを思い出した俺は、駅前のファッションセンターしまむらへとやってきていた。

でも積極的に買おうっていうんじゃなくて、いい感じのがあったら買ってもいいかなくらいの気分で、一番の目的は適当にブラブラすることだったりする。

最近はユニ○ロさんが若干の高級志向に傾きつつある気がするので、何かあるととりあえずしまむらスタートなんだよな。

高校生のお小遣い的に。

もちろんデータを見て言ってるわけでもなんでもなく、単なる個人的な感想なので単に俺の勘違いなのかもしれない。

しまむらで適当に服と値段を見て回っていると、

「えへへ、だーれだ？」

そんな声とともに突然、俺の視界が真っ暗になった。

後ろから目隠しをされてしまったのだ。

俺がこんなキャッキャウフフをしてもらえる相手は、ごくごく限られている。

なにより高校入学以来、毎日のように聞いているその声を間違えるはずもない。

「春香」

「せーかい♪」

俺が即答すると、目を覆っていた手がぱっと離れた。

振り向くともちろんそこにいたのは春香だ。

当たり前だけど私服姿で、肩と胸元が大胆に開いた鎖骨のまぶしいオフショルダーのブラウスがかなり大人っぽい。

大きく開いた首元には黒のチョーカーがあって、ワンポイントで全体の印象を引き締めている。

なにより足下のお洒落カッコいい黒のショートブーツがすごくよく似合っていた。

可愛さを前面に、しかし随所に大人っぽさを散りばめた姿は、つまり要約するといつにも増してとてもステキに可愛かった。

「こんなところで会うなんて奇遇だね？　こーへいは買い物に来たの？」

「半分買い物、半分ぶらぶらって感じかな。でもどっちかっていうと、ぶらぶらの割合が高めかも」

「あ、わたしも同じような感じ」

「そのショートブーツ、大人っぽくてカッコ可愛いな」

「えへへ、わかる？　実はこれ、ついこのあいだお父さんに買ってもらったんだよねー。チャンキーヒールっていうの。可愛いのに大人っぽいでしょ」

「うん、すごく似合ってるな」

「ありがと♪　もう好きすぎて履いてるだけで幸せになれちゃうんだよねー」

大事な大事な宝物を友だちに見せてあげる子供のように、春香は目を輝かせている。

どうやら褒めただけでなく褒めたポイントも大当たりだったみたいだ。

ファッションにはあんまり詳しくないんだけど、なかなかやるな俺。

太めのヒールは動きやすい機能性と丸っこい可愛らしさと、あとスタイリッシュな大人っぽさを併せもっていてすごくいいなって、見た瞬間に感じたんだよな。

そんなことを話していると、なんとなく春香の顔に違和感を覚えた。

「……？」

なんだろう、特に変わったところはないはずなんだけど妙に気になるな。

俺は違和感の正体を探るべく、春香の顔をまじまじと見つめる。

「ど、どしたの？　いきなりじっと見つめられたら照れちゃうんだけど……こ、告白されるみたいで、な、なんちゃって？」

最後のほうが妙に小声だった春香の声を聞き漏らしてしまったのと引き換えに、しかし俺は違和感の正体にいきついた。

「なあ春香」

「な、なに？　そんな改まっちゃって……」

「勘違いかもしれないんだけど、もしかして前髪切ったか？」

「……え？　……前髪？　あ、うん！」

一瞬怪訝な顔をした後、春香はとびっきりの笑顔になった。

「だよな！　よかった、なんか今日の春香はちょっと感じが違うなって気になっちゃってさ」

「でもあーあ、告白じゃなかったのかぁ……」

「告白って？」

「なんでもないですー！　でもよくわかったね、数ミリだけカットしただけなのに」

「そりゃ毎日見てるんだから気付くだろ？」

「そんなことないよ。だってお父さんとか完全スルーだったし、気付く気配ゼロだったし。だから気付いてくれてありがとね、こーへい♪」

にへらーと春香が嬉しそうに笑った。

「なーに、これくらいいつでも気付いてやるさ。でもちょっと意外だったな」

「なにが？」

「春香がしまむらに来るのは意外な感じがするかなって思ってさ」

「えぇっ、そうかな？」

こてん、と春香が可愛らしく小首をかしげた。

「いやほら、女子はもっとお洒落なプチプラのセレクトショップとか、あとはマルイとかに行くもんだとばかり思ってたからさ」

それらに比べるとしまむらは、どちらかというと昭和の香りを平成を通り越して令和の世にまで残しているレトロショップだ。

男子が親と行って、トランクスとかハーフパンツとかTシャツとかの生活衣類を適当に買ってもらうおかん系ショップっていうのかな？

だから春香みたいな今時のおしゃれ女子が来る店ってイメージじゃない気がするんだよな。

俺がそんな素朴な疑問を投げかけると。

「ふっふーん、こーへいはしまむらのことを何にも知らないんだね。しまむらにも結構おしゃれな服があるんだよ？」

「そうなんだ？」

しまむらには大変失礼ながらかなり意外だった。

「んーとね。例えば半期に一度の『しまむら祭』になれば、店内が中高生の女の子でいっぱいになるんだから」

「『しまむら祭』だと……!?」

なんだろう、たぶん普通に創業祭とかなんだろうけど、何とも言えない愛くるしいネーミングで心惹きつけられるものがあるな。

「せっかくだから今から一緒に見て回らない？　わたしがこーへいに、しまむらの極意を伝授してあげるから」

「極意？　しまむらにそんなスゴいものがあるのか？」

「それがあるんだよね～」

「春香さえ迷惑じゃなければぜひ案内して欲しいかな」

「ういうい。ぜんぜん迷惑じゃないからこのわたしにドーンと任せなさい」

こうして俺は春香としまむら巡りをすることにした。

まず最初に案内されたのは女性衣料品コーナーだ。

俺は男なので、もちろんこのコーナーに立ち入るのは初めてだ。

春香は俺を連れてトップス売場へ向かうと、早速あれこれと品定めし始めた。

「ちょっと待っててね」

そしてすぐにブラウスを一枚選び出して「うんうん」と一人頷くと、俺に見せてきた。

「どう？　このトップスとか流行りっぽくて可愛いでしょ」

「流行りかどうかはちょっとわかんないんだけど、たしかに若い女の子向けっぽい感じがするな」

春香が手に取って身体の前に持ってきたのはフリルやリボンがあしらわれた、いかにも可愛い感じのブラウスだ。

「でしょでしょ」

「しかし意外だったな。まさかこんな可愛い服がしまむらに存在しているなんて」

正直カルチャーショックもいいところだ。

「ふふっ、最近はファッション雑誌にしまむらコーデが載ってたり、あと海外のトレンドを意識した服なんかも多いんだよ？」

「な、なんだと……!?『ファッション誌』で『しまむらコーデ』だと!?　バカな！」

だって全身しまむらとか——俺はまったく気にしないけど——例えばおしゃれな思春期女子たちは、たとえ友だちの服がそうだとわかってても敢えて突っ込まないであげる。

そういうのが暗黙の了解だったりするのが、しまむらというブランドじゃなかったのか!?

「ふふふ、こーへいはしまむらを舐めてたでしょ？」

「ああ、認めざるを得ないな」

ただ古い先入観を取っぱらってみれば。

品ぞろえが豊富な分だけ本当に多種多様なラインナップを誇っていて、可愛いものがそこかしこにあるのが見てとれた。

もちろん中には泣く子も黙る原色バリバリカラーで、正直センスを理解しがたいものもあったりするわけなんだけど。

何よりあれこれ楽しそうに見てまわっては俺に嬉しそうに説明してくれる春香を見ることができて、今日この時間にしまむらに来て本当によかったと俺は心の底から思ったのだった。

「じゃ、お会計してくるね」

一通り見終わると、春香はそう言って最初に見つけたブラウスを購入しにレジへと向かおうとする。

「結局最初のそれを買うんだな」

何気なしに聞いてみると、春香はちょっと頬を赤らめつつ口元をブラウスで隠し&上目づかいをしながら、

「だって、こーへいが可愛いって言ってくれたし……えへへ」

なんて、ごにょごにょ消え入りそうな声で言った。

その姿があまりにも可愛くて、俺はなんとも落ち着かない気分になってしまう。

ちなみに春香と店内を見て回るのが楽しくて、ベルトを買うことはすっかり忘れてしまっていた。

まぁ火急ってわけでもなかったしな。

全然また今度でいいよ。


「春香はこの後どうするんだ？」

しまむらを出た俺は、春香にこの後の予定を聞いてみた。

春香が暇してるんなら、せっかくだしこのままどっかで遊ぶのもありかなって思ったからだ。

「こーへいは特に予定はないの？」

「適当にぶらついてただけだから、ぶっちゃけ暇だな」

「じゃあ一緒に丘公園まで行かない？　天気がいいからちょっと風でも感じに行こうかなって思ってたんだよね」

春香が前髪を軽くかき上げながら提案してくる。

多分ドラマかアニメかなにかの登場人物のセリフと仕草っぽいんだけど、テレビはもっぱらスポーツ専門な俺にはイマイチよくわからなかった。

「それいいな。あそこは見晴らしもいいし芝生も綺麗だもんな」

春香の言った丘公園っていうのは、ここから歩いて二十分くらいのところにある文字通り丘の上にある公園だ。

正式名称は別にちゃんとあるみたいなんだけど、丘公園のほうがわかりやすいのでこの辺りの人間はみんな丘公園と呼んでいる。

遊具とかは一つもなくて、公園って名前だけどどっちかっていうとだだっ広い広場のイメージかな?

丘一面がまるまる芝生の広場になっていて、風通しが良すぎるためにぶっちゃけ冬は寒いだけの場所なんだけど。

今日みたいな初夏も近い晴れた日の午後なら、さぞかし気持ちのいい風が吹いていることだろう。

というわけで。

俺と春香は丘公園まで遊びに行くことにした。

◇

「ねぇねぇ、こーへいってご両親が二人とも関西出身なんだよね?」

丘公園に向かって歩き始めてすぐに、春香がそんなことを聞いてくる。

「そうだぞ、どっちも神戸出身だ」

「神戸っていいよねぇ、綺麗な港町って感じで。年末にはキラキラのルミナリエがあって、異人館の世相サンタクロースが毎年クリスマスにニュースになるんだよねー」

「お、詳しいな。もしかして神戸に行ったことあるのか?」

「うーうん、ないよ。テレビで何度かちょこっと見たことあるだけ。でも一回は行ってみたいかなー。こーへいは行ったことあるの？」

「親が実家に帰る時に何度もついていってるよ。じーちゃんばーちゃんに会うついでに、プチ旅行って感じで足を延ばして大阪のＵＳＪとか海遊館にも連れてってもらえるし」

「うわ、ＵＳＪいーなー、行ってみたいなー。わたし行ったことないんだよねー」

俺が何気なく言った言葉に春香がグワっと食い付いてくる。

女の子ってほんとＵＳＪが好きだよな。

完全なインドア派で普段はすごく大人びている千夏も、ＵＳＪに行ったことを話した時だけはかなり羨ましがってたし。

「月並みな感想だけど、アトラクションとかコラボエリアとかすごく楽しかったぞ」

「いーなー、いーなー。うらやましーなー。わたしの両親なんてどっちも東京出身だから、帰省してもすぐそこなんだもん。なんなら日帰りで行けちゃうし」

「それはそれで近くていいんじゃないか？　楽だろ？」

「ぜんぜん良くないし、楽じゃなくていいからＵＳＪに行きたいし！　ＵＳＪ！　ＵＳＪ！」

「お、おう……なんかごめんな」

「ふーんだ、帰省ついでにＵＳＪに連れてってもらってる勝ち組こーへいには、わたしの気持ちはわからないよーだ」

プイっとそっぽを向いてしまう春香。

やれやれ、春香がスネオならぬスネ子になってしまったよ。

お、でもなんか可愛いなスネ子って。猫みたいで。

「はいはい、拗ねるな拗ねるな。今年の夏も多分親の帰省で神戸に行くから、その時はお土産を買ってくるからさ」

「えへへ、じゃあ神戸牛のステーキを楽しみに待ってるね♪」

「いやあの、『じゃあ』とか言われてもな？　さすがにちょっと神戸牛は買えないからな？」

だってあれ、１００ｇ数千円とかだろ？

なにをどうやったって、高校生のお小遣いじゃ価格設定が絶望的に無理すぎる。

「もちろん冗談だしー。やっぱりお土産は甘いお菓子系がいいかな。神戸はフロインドリーブのパイとか有名だよね」

「フロインドリーブのパイな、了解」

俺としてもせっかくお土産を買ってくるなら春香の好きな物を選んで喜んでもらいたいし、夏までしっかり覚えておこう。

俺は忘れないようにスマホにしっかりとメモをした。

「あと神戸って見晴らしがいいんでしょ？　海が見えて、１０００万ドルの夜景で有名だもんねー。それも見てみたいなー。どんな感じなの？」

「あーいや、帰省しても海はほとんど見たことないかな。夜景は一度も見たことないし」

「……なんでよ？」

春香が怪訝な顔をしながら小首をかしげた。

「なんでっていうか、俺の両親の実家があるのは山の中だから」

「山の中……？　だって神戸って都会だし、海の近くでしょ？　なに言ってるのこーへい。もしかしてエア神戸っ子？　設定盛ってた感じ？　正直に白状するなら許してあげるよ？」

「盛ってないから。っていうか俺はバリバリの東京っ子だからな？　設定盛るもなにも、神戸っ子要素は最初から限りなくゼロだからな？」

たまにじーちゃんばーちゃんの家に帰省で連れていってもらうだけで神戸っ子を自称するとか、本場の神戸っ子に失礼すぎる。

「じゃあなんで？」

「俺もあんまり詳しいわけじゃないんだけど、神戸って一くくりに言っても結構広いみたいなんだよ。しかも海に面した沿岸部以外は、平地が少なくて山ばっかりらしいし」

「あ、そうなんだ。神戸ってオシャレな港町のイメージが強かったからちょっと意外かも」

「正直俺も意外だった。横浜みたいなイメージがあったからさ」

「わたしもそんな感じ。テレビとかでもよく港町として神戸と横浜が比較されてるもんね」

「それでだな。俺の両親の実家はどっちも山を切り開いた住宅地にあるんだよ。だから東西南北どこを見ても山しかないし、歩いて数分で裏山に入れたりするんだ。俺は見たことないんだけど、イノシシとかアライグマとかも出るらしいぞ」

「なるほどねぇ、さすが本場神戸っ子の言うことは違いますなぁ」

「だから俺は神戸っ子じゃないってば。春香はどんだけ俺を神戸っ子にしたいんだよ？」

俺に謎の追加設定を盛らないでくれ。

「ででも、両親が関西人ってことはだよ？　もしかしてこーへいの家では関西弁で会話してるの？」

「いいや？　普通に標準語だぞ。そもそも俺はまったく関西弁が使えないし」

「なーんだ、残念」

春香が超絶に残念そうな顔をした。

「なんでそんなに激しく残念そうなんだよ？」

「こーへいが実は隠れ関西弁キャラだった、とかならポイント高かったのになーって思って」

「どんなポイントだ……」

春香の謎査定に俺は思わず苦笑する。

「だって関西弁使えたらそれだけでもう芸人さんみたいじゃん？　『なんでやねん！』って」

笑って言いながら、俺の胸に触れるか触れないかのチョップを入れてくる春香。

全然やり慣れてなくて少しぎこちないのがまた可愛らしい。

「その気持ちはちょっとわかるかもな。帰省したらさ、親はバリバリの関西弁でじーちゃんばーちゃんと話してるんだよ。普段の話し方とはもう別人だから最初はビックリしたな」

「もしかして『なんでやねん』も使うの!?」

「どーだろ、それはちょっと記憶にないかな」

「そっかぁ」

「でも『今日は暑いやろ？　こーへいのためにちゃんとアイス買うとるで』とか吉本みたいな会話は普通にされるな」

「いいなーそれ、すっごく楽しそうだし。あ、そうだ。せっかく身近にネイティブ環境があるんだから、こーへいも関西弁覚えなよ？　きっとモテるよ？」

「関西弁を喋っただけでモテないっての」

春香の飛躍しすぎの発想に俺はまたもや苦笑いで返す。

「モテるモテる！　関西弁を使うこーへいに、クラスの女の子はみんなメロメロだよ。モテ大魔神こーへいの爆誕だから」

「それ絶対に今適当に考えて言っただろ。なんだよモテ大魔神って」

「えへへ、ばれちゃった？」

「ばれるっつーの」

「でもわたしはありだと思うけどなー。関西弁の人と話すのは楽しそうだし」

「ま、話してて楽しいってのは大事だよな」

俺も春香と話してるとすごく楽しいし、もっと仲良くなりたいって思うから。

関西弁がそのとっかかりになるのなら、少し覚えてみるのもありかもしれない。

でも俺、英語が苦手なんだよな。

多分新しい言語を覚えるのが得意じゃないっぽい。

なんてことを考えていると、

「わたしはそんなこーへいもいいなって思うし……みたいな？　なんちゃって」

「ごめん、なんだって？　考え事しててちょっと聞き逃した」

「もう、こーへいはいつもそれだし！　ふーんだっ！」

春香が突然プリプリと怒り出してしまったのだ。

怒り度合いが結構高いのか、ちょっと顔が赤くなっている。

「ごめんごめん、悪かったってば。英語が苦手だから関西弁も上手く覚えられなそうだなって、ちょっと思ってたんだよ」

「ふーんだ」

「な、この通りだ、許してくれ。今度はちゃんと聞くからもう一回言ってくれないか？」

会話の途中に考え事をして聞き逃してしまったのは完全に俺のミスってことで、俺は平身低頭で謝ったんだけど、

「たいしたことじゃないからいいもん！　ふーん！」

たいしたことじゃないと言いながら、やけにプリプリ怒っている春香だった。


ちょっとプリプリしちゃった春香の機嫌は、しかし割とすぐに直り。

その後も春香と他愛のないおしゃべりをしているうちにすぐに丘公園についてしまって、俺と春香は今は芝生の上で横並びに二人で座っていた。

周囲は同じように春のうららかな午後を楽しむ人たちで、そこそこにぎわっている。

「うーん、いい天気ー」

ノビーっと両手両足を伸ばしながら、春香が芝生の上に寝転んだ。

一緒に隣り合って寝転ぶのはちょっと恥ずかしかったので、俺は手を後ろについて少し身体を倒しながら遠く空を見上げている。

視線の先では白い雲が風に流されながら、次々と形を変えていた。

穏やかな日差しと心地よい風に吹かれる休日の昼下がりにあって、俺の意識もふわふわとしていく。

「今日も日本は平和だなぁ……」

「あはは、なにそれ」

「んー、なんだろ？　常に世界の平和を願ってやまない社会派の高校生？」

「余計になにそれだし。でも世界平和は大事だよねー。ラブ・アンド・ピース♪」

「愛と平和、いい言葉だな」

「アイ・ラブ・ニューヨーク！」

「それはちょっと違う気がするような？　っていうかニューヨーク要素はいったいどこから来たんだ……？」

「えへへ、めんちゃい。なんとなくノリで」

そんな風に気持ちのいい初夏の風に身を委ねつつ、特に中身のない会話を交わしながら二人でのんびりと空に流れゆく雲を見上げていると、

「ていやっ」

春香が突然、身体を支えていた俺の左腕をむぎゅっと引っ張ってきた。

「おわっ!?」

両腕をつっかえ棒のようにしてボーっと千切れ流れる雲を見上げていた俺は、その支えの二分の一を失ってしまって為すすべもなく芝生の上に転がされてしまう。

するとなんということだろうか!?

「う――っ!?」

目の前の超至近距離に春香がいた。

俺の腕を引っ張った時に、だけど力が足りなくて引っ張り切れなかった春香。

逆に春香が俺の腕に引っ張られるような形で、俺のほうへと転がってきてしまったのだ。

しかも春香は両腕で俺の左腕を抱きかかえてしまっている。

俺は俺でバランスを崩した時に何かに捕まろうとして、右手が春香のお尻の辺りをガッツリと鷲づかみにしてしまっていて。

芝生の上で額を突き合わせるような近い距離で、なかば抱き合うように倒れ込んでしまった俺と春香。

春香の大きくてふよふよと柔らかいものが、俺の腕にこれでもかと押し付けられていて――、

「うにゃ、はわ、ふえええぇぇぇぇっ!?」

春香が顔を真っ赤にし――多分俺の顔も真っ赤になっていて――そうして超至近距離で見つ

め合うこと数秒。

「ご、ごごご、ごめんなさい！」

春香は早口で謝りながらあたふたと俺から離れようとした。

だけどお互いに変な体勢でホールドしあっていたために、逆にもっと身体を押し付けるようになってしまって――。

しかも変に動いたせいでちょっと大胆に開いてしまった春香の胸元の隙間から、それはもう柔らかそうな谷間やら、ピンク色の可愛い下着やらがチラチラと見えてしまって。

うっ、思わずそこに視線が吸い込まれる……。

「どこ見てるのよ……もぅ、こーへいのえっち……」

ぽつりと春香がつぶやいた。

だよな!?

そりゃお互いの額がくっつくくらいの距離で顔を突き合わせてるんだから、俺がどこを見ていたかなんてすぐに気が付いちゃうよな！

「わ、わるい……」

「ううん……ぜんぜん平気だし……」

「そ、そうか？」

「うん……こーへいも男の子だからしょーがないし……そもそも不可抗力なんだし……」

「だ、だよな」

「だからしょーがないんだもん……」

「う、うん」

その後、深呼吸をしてから絡み合った身体をゆっくりと離し、無事に分離した俺と春香は。

火照った顔と心を冷やすように、新緑の風に吹かれながらしばし無言のまま空を見上げていたのだった。

◇

しばらく空を見上げながら、春香と抱き合ってしまったことによる身体と心の火照りを冷ました後。

「そろそろ帰ろっか。ちょっと冷えてきたし」

春香が小さくポツリとつぶやくと立ち上がった。

「そうだな。風も少し冷たくなってきたもんな」

俺も同じように立ち上がると、春香と並んでお尻の辺りをパタパタとはたいて汚れを落とす。

「春ってお昼はポカポカ陽気で暖かいけど、太陽が低くなってくると一気に冷え込むよね。そのせいで服のチョイスにほんと困っちゃうし」

少し困り顔で笑いながら、自分の服の袖を軽く引っ張って伸ばし、少しでも寒さ対策をしようとする春香に、

「春が一年で一番、寒暖差が激しい季節らしいからな」

俺は昨日の天気予報でちょうど入手したばかりのお天気知識を披露した。

「あ、それわたしも聞いたことあるかも。温度差のせいで身体が疲れやすくなるんだよね」

「寒暖差疲労って言うらしいな」

「うわ、なんか専門用語だし。こーへいって物知りなんだね。カッコいい、やるぅ♪」

「ま、まあな」

春香に褒められて悪い気はしなかった俺は、昨日得たばかりのにわか知識だということをこっそり胸の奥へとしまい込んだ。

……別にいいだろこれくらい、ちょっとイイカッコしたかったんだよ。

春の寒暖差について話しながら俺たちは丘公園を後にした——しようとしたんだけど。

「ねぇこーへい、あの子見て？　ほら、あそこにいるキョロキョロしてる女の子」

帰り始めてすぐに春香がそう言うと、斜め前方の少し離れたところを指差した。

視線を向けると、小さな女の子が一人であちこち見渡しながら泣きそうな顔で歩いているのが目に入る。

小学校に入ったばかりくらいのまだまだ幼い女の子だ。

「なんだろ、すれ違う人の顔を確認してるっぽいな？　不安そうな顔だし、親を探してるような感じがする……迷子か？」

「だよね、こーへいもそう思うよね。ね、ちょっと声をかけてきてもいいかな？」

「もちろんだ。気付いた以上は放ってはおけないしな」

迷子になっているのを狙われて悪い大人に誘拐でもされたら大変だ。

俺は春香と一緒に女の子のところへと向かった。

「ごめん。こーへいはちょっとここで待っててもらっていいかな？　あの子が怖がっちゃうかもだから」

けれど女の子を目前にして、春香からそんな風にお願いされてしまう。

「ああそっか、そうだよな。小さい子は知らない男を怖がるかもだよな」

もちろん小さな子供にとって俺がとりわけ怖そうに見えるって話じゃなくて、一般論として見知らぬ男は怖がられやすいって話だ。

こればっかりは自分を守ろうとする生物的本能的なものだからしょうがない。

俺は少し離れた場所で立ち止まって、春香にファーストコンタクトを任せることにした。

俺と別れた春香はゆっくりと女の子に近づいていくと、しゃがんで視線の高さを合わせてから優しく声をかける。

「ねぇねぇ、もしかしてお母さんを探してたりする？」

「あ、えっと……うん」

急に話しかけられた女の子は不安そうな顔で、だけどこくんと一度大きく頷いた。

「そっかぁ、お母さんとはぐれちゃったんだね」

「うんとね、カエルさんがピョンピョンってしてたから追いかけたら、気が付いたら一人になってて……お母さんどこにもいなくて、知らない人ばっかりですごく怖くて……」

「うんうん、それは怖かったよね。でももう大丈夫だよ、お姉さんがついてるからね」

春香は優しく微笑みながら女の子の頭にそっと手を置くと、ゆっくりと撫で始める。

「お母さんを探してくれるの……？」

「うん、一緒に探そ。大丈夫だよ、すぐに見つかるから」

「あ、ありがとうお姉ちゃん」

「ふふっ、わたしの名前は春香っていうんだ。蓮池春香。あなたのお名前はなんていうのかな？」

「えっと、マリカ……コウムラ・マリカです」

「マリカちゃんね。可愛い名前だねー」

「あ、うん、ありがとうございます」

春香が女の子を——マリカちゃんの緊張をうまい具合に解きほぐしていく。

やるな春香。

まるでプロの保育士みたいだ。

そして二人のやりとりを静かに見守っていた俺のところに、春香がマリカちゃんの手を引きながらやってくる。

「この人はわたしのお友だちのこーへいだよ。すごく頼りになるから、今から一緒にマリカちゃんのお母さんを探すのを手伝ってもらうねー」

「よろしくな、マリカちゃん」

俺は春香がやったのと同じように、しゃがんで視線の高さを合わせてから優しく言ったんだけど、

「こーへいパパ、よろしくお願いします」

マリカちゃんは突然そんなことを言い出したのだ。

「パパって俺がか？」

俺はつい思わず自分の顔を指差した。

「大人の男の人と女の人の仲良しさんは、パパとママって言うんだって、ママが言ってたから……だからこーへいパパと春香ママだよね？　……えっと、違うの？」

そんな俺の態度を見て、春香にあやされて少し安心した様子だったマリカちゃんが、また不安そうな顔を見せる。

「それはその、なんて言うかだな……必ずしもパパとママってわけじゃなくて、俺と春香は極めて健全な――」

「そうだよー、こーへいパパと春香ママだよー」

（ちょ、おい、春香！　なに言ってんだよ!?）

（もう、こーへいこそなに言ってるの。ここはマリカちゃんを安心させるために話を合わせるべきでしょ？　それに別にほら、へ、へ、減るもんじゃないでしょ？）

（それはまぁそうだけど）

（だから、ね？　ここはそういうことで）

（……そうだな、わかった。減るもんじゃないし、マリカちゃんを安心させるためにもここはそういうことにしておくか）

（やった！　じゃなくて、そういうことでよろしくね……こ、こーへいパパ♪）

俺と春香はコソコソ声でやり取りをすると、「そういうこと」で話を進めることにする。

「こ、こーへいパパだぞ～」

「は、春香ママだよ～」

……二人ともやや緊張気味で、なおかつ激しく棒読みだった。

小学校の学芸会でももうちょっとマシな演技をするだろう。

でもだな、さすがに人目のある公共の場で夫婦ごっこをするのは恥ずかしすぎるだろ？

俺たちは出来立てホヤホヤの新婚さんどころか、どう見ても中学生か高校生になり立ての若い学生だ。

丘公園の他の利用者たちから『人前で何をしてんだこの学生バカップルは。まぁ春だもんなぁ』とか思われていることは間違いない。

けれど大根役者二人の棒読み演技にもかかわらず、マリカちゃんは安心した顔になってくれたので、とりあえず俺はホッと一安心した。

「それでこの後はどうするんだ？　公園管理事務所とかあれば案内放送をしてもらったらすぐに見つかるんだろうけど、ここはそういうのないからなぁ」

「丘公園は広いけど、すごく広いわけでもないし地道に探せば見つかりそうじゃない？」

「それもそうか」

「ってわけでこーへい……こーへいパパ、マリカちゃんを肩車してあげてよ？」

「肩車？」

「だってそうしたらマリカちゃんのお母さんから見えやすいんじゃないかなって思うんだよね。多分お母さんもマリカちゃんを探してると思うから」

「なるほど。こっちが探すよりも、マリカちゃんのお母さんに見つけてもらったほうが早いってわけか」

「そうゆうこと」

「いい考えだな、今日の春香は……は、春香ママは冴えてるんじゃないか？」

「ちょっとこーへい……こーへいパパ、わたしはいつも冴えてるからね？　エブリデイ冴えまくりなんだからね？」

「ああごめん、今日『も』春香ママは冴えてるな」

「わかればよろしい♪」

いつものノリで――だけどいつもと違って少しだけ名前を呼ぶ時に緊張しながら――春香と話していると、

「あの、こーへいパパが肩車してくれるの？」

マリカちゃんがおずおずと尋ねてきた。

「そうしたら見つけやすいと思ってな」

「高い高いは好き。遠くまで見えるから」

「じゃあちょうどいいな。今から持ち上げるから、落ちないようにしっかり頭に掴まってるんだぞ」

「うんっ！」

「じゃあわたしは落ちないようにマリカちゃんを支えてるね」

「頼んだ春香、えっと、春香ママ」

俺はマリカちゃんを肩車するとゆっくりと立ち上がった。

「あはは、たかーい！」

すると肩車をされて急に目線が高くなったのが気に入ったのか、お母さんとはぐれたままだっていうのにやけに元気になったマリカちゃんが、俺のおでこをペシペシペシと何度も叩いてくる。

ペシペシペシペシ。

ペシペシペシペシペシペシペシペシ。

小さな女の子の手なのでペシペシされても別に痛くもなんともないんだけど、俺はマリカちゃんからひたすらおでこをペシペシされていた。

「ふふっ、こーへいパパ、マリカちゃんに気に入られてよかったねー♪」

「まぁ、な」

春香に苦笑を返しながら、俺はマリカちゃんを肩車して歩き出す。

「マリカちゃん、お母さんが見つかったら教えてね」

「うん！」

「それとマリカちゃんのお母さんはどんな人なのかな？　わたしたちも一緒に探すから特徴とか教えて欲しいな」

「んーとね、春香ママみたいに綺麗な人！」

「えぇえっ!?」

「ははっ、よかったな春香ママ、綺麗だってさ」

「あ、うん。ありがと……あの、こーへいパパもそう思う？」

「まぁ、そうだな」

俺に限らず、春香は誰が見ても美人と言うだろう。

春香が可愛い系の美人であることは疑う余地はない。

「そっか、うん……えへへ、ありがと」

そして冴えない俺にでも褒められたら悪い気はしないのか、春香は照れ照れと恥ずかしそうに下を向いた。

しかし話はやや予想外の方向へと進んでいく。

「それでね！　ママは春香ママみたいに綺麗で、優しくて、パパと仲良しで、いつもチュウをしてるの！」

「ちゅ、チュウ!?　そ、そうなんだ。ふ、ふーん……」

「ねぇ春香ママ。春香ママもこーへいパパといつもチュウしてるの？」

「うえええっ!?　えぇっとそれは、その……」

「……チュウしてないの？」

マリカちゃんの声が少し不安の色を帯びる。

春香もそれは感じ取ったのだろう。

「し、してるよ？　も、もう毎日チュウしまくりだよ？　……ねっ、こーへいパパ。そ、そうだよね？」

だからっておい！

俺になんて話題を振りやがるんだ。

しかしこの流れで『チュウなんて一度もしたことない』とは言えず。

「そ、そうだぞー。春香ママとは毎日チュウしまくりだぞー」

口に出したことで変に意識してしまったからか、俺はなんとなく春香の口元を見てしまった。

プルプルとして張りがあって柔らかそうな春香の唇から、俺はなんとも目が離せなくて——

ご、ゴクリ。

「なんか視線がいやらしいし……もう、こーへいパパのえっち……」

「わ、わりぃ」

春香の唇から俺は慌てて目をそらした。

胸がドキドキと激しく高鳴っていた。

そんな話をしている間もマリカちゃんによる俺のおでこペシペシは続いていて、俺たち親子三人（仮）がしばらく公園内を歩いていると、

「マリカ！」

大きな声がして一人の女性が俺たちのところへと駆け寄ってきた。

「――っ、ママ！」

マリカちゃんがペシペシをやめると同時に大きな声でそう呼んだことで、俺はミッションが無事に達成されたことを理解する。

肩車していたマリカちゃんをそっと降ろすと、地上に降り立ったマリカちゃんはお母さんに勢いよく抱き着いてわんわんと大きな声で泣き始めた。

「ママー！　ママー！」

「よしよし、もう大丈夫だからね」

親子の再会を、俺と春香は少し離れたところで静かに見守る。

「きっとお母さんと再会できて安心しちゃったんだろうね」

春香が俺の服の肘の辺りをチョイチョイと引っ張りながら、再会の邪魔をしないように小さな声で言ってくる。

「春香と話して安心したように見えたけど、なんだかんだで不安だったんだろうな」

「ずっとこーへいパパ……こーへいのおでこペシペシしてたのも、不安の裏返しだったのかも

ね」

「なるほど、そういうことか」

「マリカちゃんが楽しそうだったから止めなかったんだけど、大丈夫だった？　痛くなかった？　ちょっと見てみるね？」

春香が俺の前髪を持ち上げると、ツイッと顔を近づけて確認してくる。

春香の顔が近づき、さっきマリカちゃんの言葉で変に意識してしまった春香の唇に再び目が行きかけて——しかし俺はなんとか自制心を働かせた。

「特に痛くはなかったぞ。ちょっとこそばゆかったくらいで」

「ならよかった……うん、特に赤くなってるとかもないかな」

「だろ？」

春香とそんなやりとりをしていると、

「娘の面倒を見ていただきありがとうございました。それとご迷惑をおかけして申し訳ありませんでした」

マリカちゃんのお母さんがやってきて大きく頭を下げた。

「春香ママ、こーへいパパ、ありがとうございます！」

「ママ……？　パパ……？」

マリカちゃんの言葉に、お母さんは俺と春香の顔をしげしげと見ながら少し面食らった顔をする。

「ああえ、その、ちょっとそんな感じで……ここは話を合わせてもらえれば」

「本当に色々とご迷惑をおかけしてしまったようで……」

「いえいえ、たいしたことじゃありませんから。な、春香ママ」

「はいっ。それにこうしてマリカちゃんとお母さんが会えてなによりですし」

「あのねあのね！　こーへいパパと春香ママが、ママを探すのを手伝ってくれたの！」

「ふふっ、そうだったのね」

「こーへいパパは肩車で高い高いしてくれたんだよ！」

「それはよかったわね」

すっかり元気になったマリカちゃんが、お母さんにこれまでの経緯を楽しそうに報告する。

どうやら俺たちはもうお邪魔虫だな。

「じゃあばいばいな、マリカちゃん。もう迷子になるんじゃないぞ？　お母さんも心配するんだからな？」

「うんっ！　こーへいパパ、春香ママ、ばいばい！」

「ばいばいマリカちゃん」

「ばいばい♪」

春香と並んで笑顔で手を振りながら、マリカちゃんとお母さんが手をつないで帰っていくのを見送る。

「これにて一件落着だな」

「だね。マリカちゃんが無事にお母さんと会えてよかった」

「夫婦ごっこはちょっと恥ずかしかったけどな」

「ふふっ、さっきは言わなかったんだけど、こーへいってば時々声が裏返ってたよ？　緊張してるのが丸わかりだったし」

春香がいたずらっぽく笑いながら言ってくる。

「そう言う春香だって俺のことをパパって呼ぼうとして時々詰まってただろ。顔も赤くなってたぞ？」

「そんなこと言ったら、こーへいだって顔赤かったしー。耳まで真っ赤だったしー」

「いいや春香のほうが絶対赤かったな」

「そんなことないもーん、絶対こーへいだもーん」

「いいや春香だな」

「こーへいだもーん」

そんなことを笑って言い合いながら、俺たちは日が陰り始めてすっかり涼しくなった丘公園を後にする。

こうして迷子事件は無事に解決し。

ふらふらと街に出たら春香と偶然出会ったことから始まった突発デートは、色々ハプニングがありながらも楽しく幕を閉じたのだった。

【第4章】

■4月26日■

サッサッサッサ――。

サッサッサッサッサッサ――。

放課後、俺と春香は正門から校舎までの通路（遅咲きの八重桜の桜並木だ）の掃き掃除をしていた。

別に何か問題をやらかして罰掃除をさせられているわけではなく、いたって普通の放課後の掃除当番だ。

もちろんここの掃除当番は俺たち二人だけではない。

結構距離が長いので、場所を区切って二人一組になって掃除をしていたのだ。

その時になんて言うかその、な？

同じ掃除当番の奴らが気を利かせてくれたっていうか、お節介してくれたっていうか。

『結構距離があるし、二人一組で分かれてちゃちゃっと終わらせちゃいましょ。私この後部活あるし』

『ならせっかくだし男女のペアにしようぜ、人数も半々なんだし。なあなあ蓮池さん――』

『そういうことならあんたは私とね』

『はあっ？　なんで俺がお前となんだよ』

『あんたがすぐにサボるからに決まってるでしょ。サボらないように私がしっかり監督してあげるから楽しみにしてなさい』

『ちょっ、おい、柔道部の馬鹿力で引っ張んなっての。俺は美術部だから繊細なんだよ』

『楽しみにしてなさい』

『あ、はい……』

『それに春香は広瀬くんとで決まってるもんねー』

『え？　あ、うん、えへへ……』

とまぁそんな感じで、俺と春香が一緒に掃除できるように取り計らってくれたのだ。

サッサッサッサッサ――。

サッサッサッサッサ――。

既に開始から十五分が経過し、掃除は最終段階に入っていた。

掃き集めた桜の花びらを、俺が持つチリトリに春香がホウキで掃き入れていく。

埃が立たないようにホウキをあまり速く動かさず、軽く地面に押さえつけるようにしながら掃いているのが、気づかい上手な春香らしいな。

「はいこれで終わりーっと。桜並木は春に見上げる分には綺麗だけど、その後は足元の掃除が問題だよね」

「あれだな、白鳥の水かきってやつだな」

「なんだっけそれ？　優雅に泳いでいるように見える白鳥も、見えない水の下では常に水かきを動かしているって意味だっけ？」

「そうそう。つまり見上げたら綺麗な桜も、足元には掃除をしないといけない花びらがいっぱいってことさ」

おっ？

今の俺ってかなり上手く例えたんじゃね？

「あ、今の上手く例えたんじゃね、とか思ってるでしょ」

「なぜそれを!?　まさか春香は人の心が読めるエスパーさんだったのか？」

「なに言ってるの？　こーへいってば、すっごくわかりやすくどや顔してるし」

「こ、こほん。でもこの桜並木って年季の入った大きな桜ばかりだよなぁ」

ズバリ指摘をされてしまって穴があったら入りたいほど恥ずかしかった俺は、露骨に話題を変えた。

「なんか、この桜並木はこの高校が旧制中学校だっけ？　だった時からあるらしいよ。学校案内のパンフレットに載ってたし」

「学校案内のパンフレットなんて真面目に見てなかったかなぁ」

「そうなの？　じゃあこーへいはなんでこの高校に入ろうと思ったのさ？」

「それはまぁ、その、いろいろだよ……」

俺は言葉を濁した。

なぜなら俺の志望動機は千夏と――好きな女の子と一緒の高校に通いたかっただけだからだ。

不純な動機で進学先を選んでしまってほんとごめんなさい。

「ふーん。まぁいいけど」

「そう言う春香は何でこの高校を選んだんだ？」

「それはもちろん女子の制服が可愛かったから♪」

「つっても、うちの高校は普通のブレザー制服じゃないのか？」

「ちっちっち、こーへいは何にもわかってないね。ポケットの位置とかスカートの色合いとか、細かいバランスが絶妙なんだから。あ、これ可愛く作ろうとしてるなっていうのが、すっごく伝わってくるの」

「な、なるほどな……」

どうやら男子にはパッとわからない絶妙な可愛さがあるようだ。

「もうこの辺りの高校じゃダントツで可愛いんだもん。ずっとこの制服着たいなって思ってたから、この学校に入れてほんと嬉しかったんだー」

でも、なんだな。

春香も俺と変わらないくらいに不純な志望動機だったみたいだな。

ま、中学生なんてまだまだ子供だし、なりたい職業とか将来のビジョンも明確に定まっていない中での志望校選びなんて、そんなもんだよな。

「でもこれだけたくさん桜があると、秋の落ち葉掃きも大変そうだよねぇ」

「なんか今からもう秋の到来が億劫になってきたな……」

「ま、秋のことは秋になってから考えたらいいよね。じゃあ掃除も終わったし帰ろっか。みんなももう掃除終わってるかな？」

「さっき掃除用具を片付けに行くのがちらっと見えたから、終わってると思うぞ」

「じゃあ私たちも早く片付けちゃお」

「オッケー」

いつもと同じように他愛もない会話をしながら、二人並んで掃除用具を片付けに行く途中だった、

「あ――」

――俺たちが千夏とすれ違ったのは。

下校途中なんだろう。

千夏はクラスメイトと話しながら俺と春香にチラリと視線を向けて、だけど足を止めることもなく何も言わずに立ち去っていった。

「ねぇねぇ、今のって一組の相沢さんだよね。あの人すっごく綺麗だよねー」

「え、あ、ああ……」

「スタイルは良いし美人だし、髪もサラサラのストレートだし。わたしのすぐ跳ねちゃうくせっ毛とは全然違うんだもん――って、いつまで見とれてるのこーへぃ！」

「……別に見とれてないだろ」

見とれていたわけじゃなかったと思う。

ただなんとなく、ナンパしてるのを彼女に見つかってしまったみたいに、春香と一緒にいるところを千夏に見られたのが居心地悪くて、身体が固まってしまったのだ。

春香と一緒にいる俺を見てどう思ったのか、千夏の表情や態度が気になって気になって仕方なかったんだ。

「ううん、めっちゃぼーっと見てたし！　見とれまくってたし！　あーあ、こーへいもやっぱ美人が好きなんだなぁ……」

髪をいじりながらの何気ない春香の軽口に、

「だから見とれてないって言ってんだろ！」

俺は無性にカチンときてしまう。

「え……ぁ……」

「別に美人だからって見てたわけじゃねぇよ」

チンピラが凄んだような言葉を自分で言っておいてなんて怖い声を出したのだろうと後悔したけれど。

でも今の俺はどうにもイラついてしまって、とても謝る気にはなれないでいた。

「えっと、あの。ごめん、こーへい……じゃなくて、ごめんなさい。わたしそんなつもりで言ったんじゃなくて……」

春香が捨てられた子犬みたいな顔をして、蚊の鳴くような小さな声で謝罪をしてくる。

くそっ。

春香を怖がらせるつもりなんてなかった。

春香が本気で俺を非難するつもりがなかったこともわかってる。

でも。だけど。

まるで『美人だから千夏のことが好きだったんでしょ？』みたいに言われた気がして――ずっと好きだった千夏への想いが馬鹿にされたみたいな気がしてしまって。

そう思った瞬間、俺はどうしても感情を抑えることができなくなってしまったんだ。

ついでに『幼馴染だからって、冴えないこーへいがあんな美人と付き合えるわけないじゃん』って、言外にそう言われたみたいで――。

本当に何気ない春香の言葉が。

悪意なんて絶対にないであろう春香の言葉が。

だけど春休みの一件からまだ完全には立ち直れていない俺の心を、グサリグサリと突き刺してきたんだ。

もちろん全部が全部、俺の勝手な思い込みだ。

そもそも春香は俺と千夏が幼馴染であることすら知らないんだから、そんなことを思いようがない。

だけど春香と出会ってから下火になっていた――けれど決して消滅したわけじゃない千夏へ

の想いとか、告白した後悔とかそういったあれやこれやがごちゃごちゃになって俺の心に一気に押し寄せてきて。

俺は自分の感情が激しく高ぶることを、どうしても抑えられないでいた。

「ごめんなさい、あの、こーへい――」

必死に謝る春香を、

「悪い、今日は一人で帰る」

俺は取り付く島もなく一方的にシャットアウトする。

「あ、うん……あの、ごめんね……」

力なく頷いた春香の目には、強い後悔の色とうっすらと涙が浮かんでいて――俺はそれを見て見ぬ振りをした。

いや、見ないように意図的に目をそらした。

春香はなにも悪くない。

あんななんでもない言葉でいきなりキレた俺のほうが、どう考えたって間違っている。

悪いのは心の中でくすぶるモヤモヤに、勝手に自分で火をつけた俺自身だ。

でもそれがわかっていてもなお、俺は心の中に渦巻く言いようのないイライラを抑えることができなかったんだ――。

俺は込み上げてくるイライラに突き動かされるようにして、春香を置いて足早に歩きだした。

掃除用具を荒っぽく投げ捨てるようにしまうと、俺はまださっきの場所でうつむいて立ちすくんだままの春香から顔を背けて家路についた。

イライラとか後悔とかいろんな感情が心に渦巻く中、春香がついてくる気配がないことに内心ホッとしながら、俺はこの場から逃げるように帰宅した――。

家に帰ってきた途端に、猛烈な後悔が岸壁に打ち寄せる荒波のごとく何度も何度も俺を襲ってきた。

「カッとなってキツイ言葉を言って、春香を泣かせてしまった……」

あんなこと言うつもりじゃなかった。

傷つけるつもりなんてなかった。

決してそんなつもりはなかったんだ。

だけど心の奥から溢れ出てくる、熱くてドロドロしたマグマのような濁った感情を、あの時の俺はどうしても抑えることができなかった。

あの時の俺はまるで自分が自分でなくなってしまったみたいに、強烈な負の感情に突き動かされてしまっていた。

「春香に謝らないと……酷いこと言ってごめんって言わないと……」

いったん冷静になって、そう強く思った俺だったんだけど、

「いきなりあんな風にキレられたら、春香も怒ってるよな……」

正直とても謝りづらい。

そもそも謝ったところで、春香は許してくれるだろうか？

明るくて可愛い春香はクラスでも人気者だ。

俺が春香といてあげてるんじゃなくて、偶然が重なって俺が春香に選ばれただけ——ってい
うのが今の関係性の本当のところだろう。

本来なら接点なんてなかったはずが、たまたま入学式の日に春香が飼っていた子犬のピース
ケを助けたことで、春香は俺に恩義を感じて話してくれるようになった。

そんな関係だっていうのに、よりにもよって俺のほうからキレ散らかして傷つけてしまった
のだ。

それもいきなり突然に。

それまで普通に話していたのに急に何の前触れもなくキレ散らかされた春香は、大きな理不
尽を感じたことだろう。

「もう顔も見たくないって思われているかもしれないよな……」

謝りたいけど、その時になんて言われるかを考えるとすごく謝りづらかった。

謝ったところで絶交されるかも。

下手したら、無視されてまともに話すら聞いてもらえないかもしれない。

シュレディンガーの猫じゃないけど、春香に絶交されるまではまだ俺と春香は仲良しのまま、
とかそんな風に考えてしまう情けない俺がいた。

俺は春香に拒絶されることが今さらながらに怖くなっていた。

春香という存在は、俺の中でそれほどまでに大きくなってしまっていたのだ。

「俺は——俺は春香のことをいったいどう思っているんだろうか？」

こんな事態になった今さらになって、そんなことを考えてしまう。

俺はまだ千夏が好きだ。

あれだけ完全無欠にシャットアウトされたっていうのに未練たらたらだ。

だから千夏を好きなのは間違いないと思う。

だけどここ最近は、前ほど千夏のことを考えなくなっていた。

千夏ともまた前みたいに普通に話せるようになった。

そしてその代わりに、俺は春香のことを考える時間が増えていた。

今日も楽しかったなとか、また馬鹿なこと言ってたなとか。

他愛もないことばかりだったけど、春香とのやりとりを思い返しては温かい気持ちになる自分がいて。

そして俺は、そんな自分が全然嫌じゃなかったんだ。

春香に対するこの気持ちはいったいなんなんだろうか。

もしかして俺は春香のことを好きなんじゃ——。

「——って今はそれどころじゃない」

俺は頭を振って気持ちを切り替える。

「まずは一刻も早く春香に謝らないと。やっぱラインだよな、直接的に話すより文字のほうが謝りやすいし」

なにより拒絶された時のダメージが少ないだろうから……。

俺は「さっきは悪かった。ごめん」と打ちかけて――けれど俺の指は途中でピタリと止まってしまう。

「だめだ、なんて返ってくるかを考えると胃が痛すぎる……」

そう。

俺は傷つけた女の子に謝ることすらろくにできない、どうしようもないヘタレだったのだ。

ためらったままでしばらく固まっていると、

「あ……スマホの充電切れそうじゃん……」

ということに俺は気が付いた。

――気が付くことができてしまった。

「ちゃんと充電しておかないとだよな……うん、気分転換もしたほうがいいかもだし、春香に連絡するのは少し後にしよう」

俺は自分自身を納得させるように独り言をつぶやいた。

充電が5％を切っていたのは事実だったものの、それはもうどうしようもないくらいに、先延ばしにするためのただの言い訳に過ぎなかった。

たかだか謝るだけでバッテリーは消耗しない。

そもそも部屋にいるんだからコンセントに繋いだままで使うことだってできる。

つまり俺は無理やり理由を見つけることで、嫌なことをただただ先送りしたのだ。

そしてそのことがまた俺の心を責め立ててくる。

「女の子を泣かせたのにごめんなさいもろくに言えないとか、こんなんじゃ千夏が愛想をつかすのも当然だよな……」

千夏に釣り合う男じゃないと今さらながらに自己認識させられて、

「はぁ……」

なんかもう何もかもがどうでもよくて投げやりな気分になった俺は、ため息をつくとスマホを充電器に差しこんで、ゴロンとベッドに寝っ転がった。

昼寝はしないタイプなんだけど、今日は精神的に消耗したからかすぐに眠気が襲ってきて

――


しばらくして目が覚めると、部屋の時計は既に十九時を指していた。

「寝たおかげで少しだけ気分がリフレッシュできた気がする……」

しかし結局その後も、

「晩ご飯を食べてから……」

「風呂に入ってから……」

「宿題をしてから……」

俺は言い訳を重ねに重ねて、春香に謝ることを先延ばしにしていた。

先延ばしにすればするほど謝りづらくなるという悪循環に、どっぷりつかってしまっていることはわかっていた。

それでも最悪の未来を想像すると、春香に嫌われることを考えると。

俺はどうしても謝る勇気が出なかったんだ。

俺がどうしようもなくグダグダぐずぐずしているうちに、いつの間にか時計の針は夜の二十三時五十分を指し示していた。

日付けが変わる直前の今になってもまだ、俺はだらだらと春香に謝るのを引き延ばしていたのだ。

「さすがに日が変わるとやばいよな……っていうかこのまま明日学校で会うとか気まずすぎる」

タイムリミット限界、もうこれ以上どうしようもなくなった俺は意を決してスマホを充電器から引っこ抜いた。

すぐにラインの通知数を示す数字が目に留まったんだけど――、

「ちょ、メッセージ179件だって!?　でもスマホ一度も鳴らなかったよな？　ああ、そうか。授業が終わってマナーモードを解除するのを忘れてたのか」

慌てて通知の内容を確認をすると、その全てが春香からのもので――。

『今日はひどいこと言ってごめんなさい』

『怒らせちゃってごめんなさい』

『こーへいのこと傷つけちゃってごめんなさい』

『ごめんなさい、少しでいいので話を聞いてもらえませんか？』

『全然そんなつもりはなかったの。ごめんなさい』

ごめんなさいごめんなさいごめんなさいごめんなさい――。

そこには文面こそ違えど、必死にごめんなさいと謝り続ける春香の言葉が、ずらりと並んでいた。

『こーへいが相沢さんを見ていて嫉妬しちゃいました。ごめんなさい』

『ひどいこと言ってごめんなさい』

『反省しています、ごめんなさい』

『何を言っても取り返しがつかないと思うけど、本当にごめんなさい』

ごめんなさいごめんなさいごめんなさいごめんなさいごめんなさいごめんなさいごめんなさいごめんなさい――。

春香の必死すぎる想いでラインのトークルームは溢れかえっていた。

俺がぐだぐだ理由をつけて先延ばしにしている間に、春香は既読すらつかない中で必死に謝罪の言葉を繰り返していたのだ。

その時の春香の気持ちを考えるだけで、俺の心はぎゅっと強く締め付けられていく。

「俺は、俺は本当に最低のクズだな。本当にどうしようもないミジンコ以下の存在だ」

身長は平均以下で、顔は冴えなくて、パッとしなくて、サッカー部では最後まで補欠で。

だけどそんなのが全て吹っ飛ぶくらいに。

俺は俺のことを想ってくれる女の子の気持ちを踏みにじった、最低最悪の大バカ野郎だ――！

「まったく、こんなどうしようもないヘタレ野郎なんだ。そりゃ長年一緒に過ごした幼馴染にだって振られちまうよな」

あまりにヘタレすぎて、自分で自分を笑ってしまう。

だけどそれと同時に俺の中では一つの決意が芽生えていた。

「俺がヘタレなのはもう今さらどうしようもない。でもヘタレでもヘタレなりに、やるべきことをやれよ広瀬航平！」

俺はすぐに春香に返事を書こうとして――やめた。

面と向かって言葉でちゃんと伝えないといけないって思ったから。

誠意にはちゃんと誠意で応えろと！

俺の中にまだ残っている男の子としての気持ちが、そう強く思わせたから――！

俺はラインで短いメッセージを春香に送ると、すぐに着替えて家を出た。

向かう先はもちろん春香の家だ。

「ごめんな春香。今から俺の気持ちを伝えに行くから――」

徒歩五分、家の前の大きな川にかかる橋を渡ればすぐに春香の家につく。

こんなにすぐ会える近い距離にいたのにラインをずっと無視され続けた春香の心を思うと、それだけで胸が張り裂けそうになる。

「でもそれをやったのは他の誰でもない、俺なんだ」

既に深夜0時を回っているため、インターホンを押すわけにはいかない。

しばらく春香の家の門の前で待っていると。

音を立てないようにそーっと静かに玄関のドアが開いたかと思うと、おそるおそるといった様子で春香が顔を出した。

春香は可愛い犬柄パジャマの上に薄手のカーディガンを羽織っていた。

その目が少し赤いのはきっと泣いていたからだろう。

春香の泣いている姿を想像して、俺の心はまたぎゅっと強く締め付けられた。

「悪いな、こんな時間に急に呼び出しちゃって」

「あ、ううん。ぜんぜん大丈夫……でもないんだけど。バレないようにこっそり出てきちゃったし。えっと、こんばんは……あ、もう日付が変わってるからおはようなのかな？」

玄関を出て門のところまでやってきた春香が、少しぎこちなく挨拶をしてくる。

それも当然だろう。

謝ろうとして何度も連絡を取ろうとしたのにまったく返事がなかったと思ったら、いきなり真夜中に『今から行く』って短いメッセージを送りつけられたんだから。

『なんなのこいつ？　じょーしきないの？』って思われても無理はない。

「あの、一つだけ疑問なんだけど。こんな時間に『今から行く』なんてラインを送ってきて、もしわたしが寝ちゃってたらどうするつもりだったの？」

「学校があるから、朝まで待ってたらいつかは出てくるだろ？」

「急に風邪をひいて休んだりとかするかもだし……」

「その発想はなかったな、完全に勢いで出てきちゃったから」

「なにそれ、適当すぎじゃん……」

春香が少し呆れたような顔をする。

「まぁその時はその時で何か考えただろうし、とりあえず今回は春香が出てきてくれたわけで結果オーライってことで」

「もう、ぜんぜん締まらないんだから」

「よく言われる」

ほんと俺ってやつはパッとしなくて締まらない男だ。

千夏の言った通りだよな。

「締まらないけど……でもカッコよすぎでしょ。ピースケも助けてくれたし、こうやっていつもわたしの前に王子様みたいに現れてくれるんだもん。もう、こーへいのばーか……」

そこでプツっと会話が途切れた。

俺と春香は言葉がないままに見つめ合い、そんな俺たちを夜の静寂《しじま》がそっと優しく包んでくれる。

いつもと違った少しぎくしゃくとした――でも不思議と嫌とは思えないむず痒い空気感の中で、俺と春香はしばらく無言で見つめ合った。

そのまま一分ほど経過してから、

「こーへい、さっきは酷いこと言ってごめ――」

春香が謝罪の言葉を口にしたちょうど同じタイミングで、

「ごめん春香！　さっきはいきなりキレて酷いこと言っちゃって、本当にごめん！　許して欲しい、この通りだ！」

俺はガバッと勢いよく頭を下げて、春香に心からの謝罪をした。

「な、なんでこーへいが謝るんだし……わたしが傷つけるようなこと言ってこーへいを怒らせちゃったのに」

「そんなことない、春香は何も悪くないから。俺を馬鹿にするつもりがなかったことくらい、ちゃんとわかってた。なのに俺はわかっていながら感情が抑えられなくて、春香を傷つけてしまったんだ。だからごめんって言うのは俺のほうだ」

一度頭を上げてしっかりと春香の目を見て伝えてから、俺はもう一度深々と頭を下げた。

春香という素敵な女の子を傷つけてしまったことを、俺は心の底から後悔していたから。

「ううん、悪いのはやっぱり酷いこと言ったわたしだもん。だからこーへい、顔を上げてよ？」

頭を下げていた俺の頬に、春香の両手がそっと優しく差し伸べられる。

そのまま手のひらでほっぺを包まれると、スッと顔が持ち上げられた。

「ね？　せっかく会ってるんだし顔を見て話そうよ？」

そう言って小さく笑った春香には、さっきまでのぎくしゃくとした雰囲気はもうほとんど感じられなかった。

「ごめんね、こーへい」「ごめんな、春香」

またもや二人の言葉が綺麗に重なってしまい——、

「ぷっ——」「ははっ——」

俺たちは顔を見合わせたまま、どちらからともなく小さな声で笑い出していた。

そしてたったそれだけで。

今まで悩んでいたのが馬鹿らしくなるくらいに、俺たちはもうすっかりいつもの空気に戻っていた。

「じゃあこうしない？　お互いに良くないところがあったってことで、今後はなくしていこうよ？　人生一度きりなんだし前向きに生きないとね」

春香がいつもの笑顔で切り出した。

「許してくれるのか？」

「だから許すもなにも、わたしは最初から怒ってなんかなかったし。むしろこーへいを怒らせちゃって、どうやったら許してもらえるかってずっと考えてたのに。いっぱいラインしちゃってウザかったよね、それもごめんなさい」

「俺のほうこそまったく見てなくて悪かったな……その、な？　春香に連絡する勇気がなくて、自分でアレコレ言い訳してひたすら先送りにしちゃってたんだ」

「うわっ、想像以上のヘタレがいたし！　既読もつかないから、もしかして充電切れたままなのかなって思ってたのに」

「ほんとごめんな、想像以上のヘタレで……」

「もう、冗談だってば。だって結局こうやって来てくれたんだもん。だからこーへいは全然ヘタレじゃないし。ヘタレかもだけど、すっごくがんばったヘタレだもん」

「ヘタレなりにちゃんと行動して、ちゃんと言葉で伝えなきゃって。春香の気持ちに俺も真剣に応えなきゃいけないって思ったんだ」

「こーへいの気持ち、ちゃんと伝わったよ。すごくカッコよかったぞ、こーへい♪」

ちょっとうつむいてはにかみながら上目づかいで告げる春香は、先日ネットで見かけた昼寝中に寝言を言う子犬の動画なんて目じゃないくらいに可愛くて。

そんな春香の姿を目の当たりにして、俺の心臓はこれでもかと早鐘を打ち始める。

そうでなくても春香は元々かなり可愛い容姿をしているんだ。

そんな春香から深夜の密会中に、照れた様子で「すごくカッコよかったぞ」なんて言われてみろ。

これで何も思わない男子がいたら、そいつはもはやこの世界には存在する価値がないからサッサと異世界にでも転生して、新たな人生を進むべきだと思うね。

「そ、そうか……そんな面と向かって言われると恥ずかしいっていうか、むず痒いっていうか、ガラじゃないっていうか。まぁなんだ……すごく照れる」

「ぜんぜん照れなくていいし。わたしにとってこーへいは出会った時から素敵だったもん。こーへいは絶体絶命のピンチに、風に乗って颯爽と現れて助けてくれる白馬の王子様なんだし」

「さすがにそれは盛りすぎだろ」

白馬の王子様とまで言われてしまって思わず苦笑した俺に、

「ぜんぜん盛ってないし！　本心丸出しだし！　あっと、えっと、その。本心っていうか……もういいじゃん別に！　わたしがこーへいのことなんて思ってたって！」

「そうか……俺は春香の中でマジで白馬の王子様だったのか……」

まさか俺の人生で、そんなキラキラな表現をされる日が来るとは思ってもみなかったぞ。

「でもでも、そんな素敵なこーへいが変わろうって、もっと素敵になろうって言うんならわたしが止める理由なんてないよね。まったくもう、わたしのことどれだけキュン死させようとするんだよコンニャロウ！」

「そんなつもりはさらさらないんだけど……でもありがとう。春香にそう言ってもらえて嬉しいよ」

しかしあれだな。

非日常的っていうか、真夜中にこっそり家を抜け出して会ってるっていうのもあるのかな？

春香のテンションが妙に高いっていうか、好意むき出しでかなりぐいぐい来てるような……。

なんていうかこう、勢いに飲まれちゃいそうな気がしなくもない。

あと結構恥ずかしい会話をしている自覚があるので、家にいるであろうご家族とかご近所さんに聞こえてないといいなと、ちょっとだけ心配になる俺がいた。

「ねぇこーへい」

「ん？」

「わたしはこーへいのことが好き。大好き。初めて会った時から今もずっとこーへいのことが、だいだいだいだい大好きなんだ。こーへいと話すたびに、会うたびに、それこそこーへいのこと考えるだけでドキドキするの」

「お、おう――」

俺は今ものすごく情熱的な告白をされている。

「ねぇこーへい。こーへいはわたしのこと……好き？」

俺を見つめる春香の真剣な瞳をしっかりと見返しながら、改めて俺は自分の心に問いかける。

もちろんすぐに答えは見つかった。

一応再確認してみただけだ。

だから今の素直な気持ちを、素直な言葉でありのまま春香に伝えようと思った。

「俺は――」

「うん」

「そっかぁ……えへへ、ざーんねん」

率直な——けれどただただあいまいな俺の答えに、春香が少し落胆したように苦笑する。

「ごめんな、こんな答えしか出せなくて」

「ううん、正直に気持ちを伝えてくれたことはむしろ嬉しいし」

そう言った春香の声には、言葉通り俺を責めるような色合いはまったくと言っていいほど感じられない。

「だけど春香のことをすごく好ましいとは思っているんだ。一緒にいるとすごく楽しいし、話しているだけで幸せな気分になれるし、春香に嫌われたかもって思ったらすごく落ち込んだ」

「うん」

だからこれは、そんな春香に申し訳なくて言い訳をしようと思ったわけじゃない。

想いを伝えてくれた春香に、俺の素直な気持ちを伝えたかっただけだ。

「だから春香に、それなり以上の好意は抱いている——と思う」

これが今の俺の素直な気持ちだった。

「でも女の子として好きってわけじゃないんだよね？」

「……実のところさ。好きって気持ちが、好きになるって気持ちが今の俺にはよくわからないんだ」

より正確に言うならば、千夏以外の女の子を好きになるって気持ちが俺にはよくわからなかった。

　俺にとって千夏は他の何も目に入らなくなるくらいに、大切で、大きくて、恋焦がれる存在だったから。

「そっかぁ……でも好意を持ってもらえてるんなら、まだまだわたしにもチャンスありってことだよね。だったら今はそれでいいかな」

「……なんか意外だな。『わたしのことキープしようとするなんて不誠実だし！』って責められるって思ったのに」

「それこそ心外だし。好きな人が一生懸命考えて本音で答えてくれたのに、怒ったり責めたりするわけないじゃん？」

「お、おう……」

　なんかもう、ここまでくるとどこぞの新興宗教の教祖様もびっくりな信頼されようだな。

　でも、だけど。

　だったら俺もそんな風に強く信頼してくれる春香には、できうる限りの最大限の誠意で応えないといけないよな。

　そうでなくても俺は春香を泣かせてしまったんだ。

　この答えに至った理由をちゃんと話してけじめをつけないと、俺は男として完全に失格だ。

　春香のためだけじゃなく、俺自身のためにも。

　そして二人のこれからの関係のためにも、俺はずっと心にしまっていたアレコレを今から春香に打ち明けようと思っていた。

「なぁ春香。少しだけ昔話をしてもいいかな？　多分俺以外の誰が聞いてもつまんない話なんだけどさ」

「わたしそれ聞きたい！　もっとこーへいのこと知りたいもん！　それに……理由があったんでしょ？　あの時すごく怒った理由も、もしかしてそこにあったりするのかなって思うし」

「相変わらず鋭いなぁ。そうだな、どっから説明したもんか。えっと千夏はさ――」

「千夏って……？」

「ああ、相沢千夏。あいつは俺の幼馴染なんだ」

「え、そうだったの!?　あれ？　でも学校で二人が話してるところとか一度も見たことないかも？　昨日もまったく挨拶してなかったよね？」

春香が驚いた顔をした後、ちょこんと可愛らしく小首をかしげた。

「その辺も後で話すよ。それでさ、幼馴染の俺と千夏は家族ぐるみの付き合いがあったんだ。家も隣同士で、物心がついた頃にはもう一緒でずっと兄妹みたいに育ってきた」

「うわっ、そんな話がほんとにあるんだね。なんだか漫画みたいで素敵かも」

春香が目をキラキラさせる。

でもその気持ちは俺にもよくわかった。

というのも当の俺自身が、ずっと漫画みたいな関係性だって思っていたから。

恋愛漫画みたいに、一緒に育った幼馴染の二人は当然好き合って付き合うようになるんだって。

そうなって当然だって勝手に思い込んでいたから。

そんな特別な関係性だけに胡坐をかいて、ろくに自分を磨くこともせず。

挙句の果てに何も考えずにアタックして見事に玉砕するんだから、俺はほんとどこに出しても恥ずかしくないくらいに、どうしようもない馬鹿だったよな。

それを境に人生が暗転した苦い記憶と今度こそ正面から向き合いながら、俺は言葉を紡いでいく。

「俺は昔からずっと千夏が好きでさ、千夏以外の女の子のことなんて考えたことがなかったんだ。千夏とくっつくのが当たり前って、そんな風に何の根拠もなく思い込んでいたから」

「あ、そっか……そういうことね。さっきのは相沢さん以外を好きになる気持ちがわからないってことだったんだね」

「そういうこと」

子供の頃から千夏のことが大好きで。

そこから何年も積み上げてきた千夏への恋心は、きっともう俺の身体の一部みたいになってしまっていたんだ。

そんな俺だったから女の子を好きになるって過程を、千夏以外の女の子を好きになるっていう気持ちをまったく知らなかったし、知ろうともしなかった。

「それでさ、そんな馬鹿な俺が意を決してこの前の春休みに千夏に告白したわけだ。付き合おうって」

「こ、告白っ!? そ、そそそ、それでっ!?」

これは聞き逃せないとばかりに、春香がガバっと身を乗り出してきた。

顔が近づいたせいでシャンプーか何かのいい匂いが漂ってきて、俺はまたもやドキッとさせられてしまう。

春香に感じる胸の高鳴りで、脳裏によぎる千夏との想い出の苦さを相殺しながら、俺は言葉を続けていく。

「今の状況を見ればある程度察しはつくだろうけど、それはもう見事に玉砕したよ」

「ええっ!? こーへい振られたの!? なんで!?」

驚く春香に俺は思わず苦笑いする。

「冴えなくてパッとしないって言われてさ。っていうかそこまで驚くほどのもんでもないだろ?」

「そんなことないし! こーへいはこんなにカッコよくて素敵なのに——なんちゃって!? もう、恥ずかしいこと言わせんなし! こんにゃろ!」

いや、恥ずかしいなら皆まで言うなし。

っていうか俺は何も言わせてないからな?

「まぁそれでさ。一世一代の告白が大失敗した俺はなんかもう色々どうでもよくなって、それからずっと無気力に過ごしてたんだ。でもあの日春香と知り合えたことで、春香と出会ったおかげで俺は少しずつ立ち直ることができたんだ」

「それって入学式の日のこと？　道路に飛び出そうとしたピースケを、こーへいが助けてくれた時のことだよね？」

「うん、あの時。道路に飛び出そうとしてる子犬を助けなきゃって思って久しぶりに全力ダッシュして。そのあと流れで春香と話していたら、気が付いたら『あれ？』って不思議に思うくらいに心が軽くなっててさ。ああそうだ、さっき春香が俺のことを白馬の王子様って言っただろ？」

「も、もう、あんまり蒸し返さないでよね。改めて言われるとすごいこと言っちゃったって超恥ずかしいんだから」

ほっぺをふくらませて春香がむくれてみせる。

その姿はもう説明不要ってなレベルで可愛いかった。

幼馴染に未練たらたらの男子じゃなかったら、間違いなく一瞬で惚れているところだ。

「でもさ、俺にとっても春香は前を向かせてくれた白馬の王子――いや『ガラスの靴のお姫様《シンデレラ》』だったんだよ。ありがとな春香、俺に前を向かせてくれて」

あの出会いがなかったら、俺はきっと今でも暗い目をして現実から逃げることだけを考えて、無気力なまま高校生活を送っていたことだろう。

だから俺としてはすごく真面目に、感謝の気持ちを伝えたんだけど――、

「そんなぁ、わたしが『ガラスの靴のお姫様《シンデレラ》』なんてぇ。照れちゃうじゃんかもう、えへへ

へぇ……」

春香は両手を頰に当てて、いやんいやんばかんあはんと身をよじっていた。

春香が突然とったなんとも痛々しい姿を見ていると、なんか俺までバカップルの片割れみたいで恥ずかしくなってきてしまう。

「こほん、とまぁそういうわけでさ。春香のおかげで、俺は千夏のいない新しい道を歩き始めた――っていうとちょっと大げさなんだけど。そこからは何もかも手探りな状態で、自分の気持ちのはずなのにイマイチよくわからないでいるんだよ」

「それってつまり――」

「少なくとも俺は春香のことを好ましく思ってる。その、好きとかはまだちょっとよくわからないんだけど、パッとしない俺を好きになってくれて嬉しいって、春香と一緒にいたいなって、そんな風に思ってるんだ」

「ううん！　こーへいはパッとしないなんてことないから！　まったく相沢さんは見る目がないね！　って、あの、その。ごめんなさい。わたしました――」

慌てて春香が口をつぐんだ。

まったく。

どうも春香は俺のこととなると、感情のブレーキがうまくきかなくなるみたいだな。

まるで、千夏に見とれていると言われて、自制がきかずにカッとなってしまった俺みたいじゃないか。

もしかしたら俺と春香は似てるのかもしれないなって、そんなことをちょっと思ってしまう。

「いいっていいって。春香が俺のことをベタ褒めてしてくれたんだって、今の俺はちゃんとわかっているからさ」

「うん……」

「だから俺はこんなにも情熱的に俺のことを好きになってくれた春香と、自分の心すらよくわかっていないままで付き合いたくないんだ」

「あ――」

「春香が俺に向けてくれる熱量に応えるだけの気持ちを持たないと、今の中途半端な気持ちのままの俺だと、俺のことをこんなにも好きになってくれた春香に対して失礼だって思うから」

「うん……うん……」

「自分の心とちゃんと向き合ってから、文句なしの答えを出したいんだ」

俺の言葉に、春香の頬がりんごのように赤くなっていく。

「まぁ最終的にやっぱりごめんなさいになるかもしれないんだけど。この際だから正直に言うけどさ、千夏のことをまだ全然諦めきれていない自分がいるのは間違いないから」

なにせいつ好きになったのかもわからないくらい、俺は昔から自然と千夏のことを好きになっていたのだから。

「ぶぅ……せっかくラブラブないいシーンだったのに、またそういう酷いこと言うし……こーへいのばーか」

でも春香の気持ちに本当の意味で応えるためにも。

「変に期待させるだけの、そんな軽々しい約束だけはしたくないんだ」

「そんなことわかってるもーん。だってそんな正直で一生懸命なこーへいが、わたしは大好きなんだから」

月明かりに照らされながら、まるでおとぎ話に出てくる妖精のように幻想的に春香が微笑む。

「好きって言ってくれてありがとう春香。すごく嬉しい」

「どういたしまして！　あーあ、でもなー。心の矢印の向きがちょっと違ってたらみんながハッピーなのになー。恋心って、人を好きになるのって難しいなぁ……」

「……だな」

もし俺が春香を好きだったら。

もし千夏が俺を好きだったら。

俺と春香のすれ違いも、こんな恥ずかしい深夜の告白大会もありはしなかった。

想いはどうしようもなくすれ違っていて。

だけどそのおかげで今の俺と春香がいるんだ。いられるんだ。

それに難しいからといって、もう俺は止まってはいられない。

俺は逃げるのをやめて新しい道を進むと決めたんだから。

どうすればいいかはまだよくわからないんだけど。

それでもしっかりと考えて、一日でも早く春香の気持ちに答えを出すんだ——。

俺が改めて強くそう心の中で決意をしていると、

「あ、こーへい、ほっぺに何かついてるよ？」

突然、春香がそんなことを言ってきた。

「マジで？　え、どこ？」

こんな大事な話をしに来たっていうのに、ずっと顔に何かついていたなんてマジで俺カッコ悪すぎだろ!?

慌てて手の甲で頬をぬぐう。

「うーん、まだ取れてないみたい。しょーがない、わたしが取ってあげるよ。じゃあ目をつぶってくれる？」

「え？　ああ、うん」

俺は言われるがままに目を閉じた。

目をつぶれってことは、何かついているのは頬の上のほうなのかな？

あーあ、ほんと俺って締まらなくてカッコ悪すぎだよな……。

そんなことを考えていると、なぜか春香の手が俺の首すじに触れた。

春香の柔らかい手の平がおそるおそるって感じでそっと触れてきて、それがちょっとくすぐったくて軽くピクッと首をすくめてしまう——、

「ちゅ——」

その瞬間、俺の思考が止まった。

いや俺の全思考・全神経はその瞬間からただただ一点にのみ集中していた。

俺の唇が何やら温かくて柔らかいもので塞がれている——ということに。

何やらっていうか、十中八九これは春香の唇だ。

唇だけでなく鼻と鼻がこすれ合うようなこそばゆい感触もあって——。

俺の唇と春香の唇が触れあっている——それはつまり、

「き、キス!?」

思わず目を開けた俺の目と鼻の先にあったのは、やっぱり春香の顔——しかも比喩でもなんでもなく、文字通り俺の目の前にあったのだ。

「ちょっと、こーへい！　声が大きいってば!?　ここ深夜の住宅街なんだよ!?　っていうかわたしの家の前だし！　お父さんに聞こえちゃうじゃん!?」

俺のすぐ目の前、額と額が触れ合うような間近で、春香が周囲を見渡しながら焦ったように小声で叫ぶ。

その顔は、今まで見た中で一番ってくらいに真っ赤っかになっていた。

ちらりと見えた鎖骨の辺りまで、それはもう真っ赤に染まっていたのだ。

「わ、悪い……いやでも、え？　ええっ!?」

だってキスだぞ!?

晩ご飯を食べた後にしっかり歯磨きしといてよかった！

——じゃなくてだな!?

「今、その、俺たちキス……したよな……？」

「し、したけど……？　だってその、き、嫌いじゃないんだから、いいでしょ？　うぅ……もしかして嫌だった？」

「あ、いや、そういうわけじゃないんだけど……」

俺はさっきの感触を確かめるように、指でそっと自分の唇に触れた。

そこにはまだじんわりと、春香の温もりが残っているような気がした。

「ならよかったぁ……えへへ、今の私のファーストキスだし」

「お、おう……」

「こ、こーへいは？」

「俺ももちろんその、初めてだったぞ」

「えへへ、初めてどうしおそろいだね」

「ああ、うん。おそろいだ——んっ」

「ちゅ——」

俺が最後まで言い終わらないうちに、再び春香が唇を合わせてくる。

二回とも唇がそっと触れ合ってすぐにほどける、大人が見たら笑っちゃうような子供だましのキスだった。

だけどそれは温かくて優しくて。

なにより春香の想いがこれでもかと詰まった、俺が生涯決して忘れることがないであろう——そんな最高にステキなキスだった。

「……」

「…………」

「な、なにか言ってよね」

「えっと、あの、ごめん頭が真っ白で……」

「こーへいは、ほんとヘタレだし」

「すまん……」

「あはは、こーへいの顔真っ赤だよ？　リンゴみたい」

「春香だって真っ赤だろ」

「あぅ……」

「…………」

そこで会話が途切れ、ドギマギしながら無言で見つめ合う俺たちを、なんとも言えないこそばゆい空気が包んでゆく。

夢見心地で、身体も心も羽毛のようにふわふわしていた。

しばらく見つめ合った後、この心地の良い状況をなんとなく終わらせたくなかった俺が、なかなか次の言葉を切り出せないでいると、

「明日——っていうかもう今日だけど、学校あるしそろそろ寝ないとだよね」

春香が小さな声でつぶやいた。

「そ、そうだよな。遅刻はよくないし、そろそろ寝ないとだよな」

「だ、だよね。じゃあまた学校でね」

「ああ、うん……えっと、おやすみな、春香」

「おやすみなさい、こーへい——って、ん？　あれ……？」

そのまま別れようとしたところで、春香が俺の背中側のちょっと奥を見るようなそぶりを見せた。

「どうしたんだ？」

「えっと、誰か向こうにいたような気がしたんだけど——」

俺も振り返って春香の視線の先を見てみたものの。

「誰もいない……かな？」

「ごめん、多分見間違いっぽいかも？」

「ならよかった。ご近所さんに春香とのキスを見られたかと思って、正直ちょっと焦った」

「えへ、わたしもちょっと思ったかも」

「あれだな、もしかしたら風で木の枝が揺れたのを見間違えたのかもな」

「えーっと、なんて言うんだっけそういうの？　幽霊の正体見たり——か、か、カレーパン？」

「『枯れ尾花』な。カレーパンをどうやって幽霊と見間違えるんだよ」

俺が苦笑しながらツッコミを入れると、

「わからないよ？　絶対ゼロって言いきれる？」

なぜか春香からはそんな言葉が返ってきた。

「いや絶対ゼロだろ？　カレーパンを幽霊と見間違えることはないだろ？　ちなみに枯れ尾花ってのはススキのことな」

「す、好きだなんて……てれっ」

「言ってないからな。ススキだからな」

「残念……都合のいい耳をしてみたんだけど」

「こいつ確信犯か、確信犯だったのか！」

この「確信犯」の使い方は実は間違っているらしいんだけど、とりあえず今はおいといて。

「わたし思ったんだけどね」

「なにをだ？」

「ちょっとヘタレなこーへいを攻略するには、これくらい積極的に既成事実を積み上げる感じの作戦のほうがいいんじゃないかなって」

「既成事実を積み上げるって……」

なにそれ怖い。

「押してもダメならもっと押しちゃえ？　ガンガン外堀を埋めてく的な？」

「まさかさっきのキスも——」

「さてどうでしょう？　——って嘘うそ！　あれは誓って誠実なキスだったもん！　心のたかぶりから来たナチュラル・ピュア・キッスだったもん！　もうこーへいのいじわる、わたしすっごく勇気出したのに！　ふーんだ！　知らないもん！」

むくれた春香がそっぽを向いた。

「ごめん、今のは俺が悪かった。１００パー茶化す場面じゃなかったよな。ほんとごめん反省してる。だから拗ねないでくれ、な？」

「もう、ほんとこーへいはしょーがないんだから」

春香は笑いながら俺のほうに向き直る。

「あーでも、外堀を埋めるのはほどほどにしてくれると嬉しいかも？」

「残念、それは無理な相談です。だってわたし、こーへいに本気だから。こーへいのことが本気で好きだから」

春香がまるで宣戦布告でもするかのように、しっかと俺を見据えて言った。

「うん、わかってる。俺も本気で春香のことを考えるよ。自分の心と向き合ってちゃんと答えを出すから。だからそれまで少しだけ待っていてくれると嬉しいかな」

だから俺も、そんな春香の想いにこれ以上なく真剣な気持ちで答えたのだった。

俺は今この時から、新たな一歩を踏み出すのだから——！

しばらく夜道で見つめ合ってから、春香が口を開いた。

「じゃあ今度こそおやすみなさい、こーへい。寝坊しちゃだめだからね」

「おやすみ春香。いい夢を」

「こーへいもね、ぐっどらーっく」

こうして。

俺と春香の長い長いすれ違いの一日は、甘い甘いファーストキスとともに無事に幕を下ろしたのだった。

ちなみにファーストキスはほのかな歯磨き粉の味だった。

多分春香も同じように感じたんじゃないかな。

そんな深夜の一大イベントからの帰り道。

そっと玄関の扉を開けてこっそり家に戻ろうとした俺は、

「あれ？　千夏の部屋の電気ついてるじゃん。まだ起きてたんだな。勉強でもしてるのかな？」

ふと隣の家の二階の一室——小さい頃から何度も入ったことがある千夏の部屋だ——にまだ電気がついていることに気が付いた。

スマホで確認すると時刻はもう深夜の一時に近い。

「数時間後には起きて学校に行かないといけないっていうのに頑張ってるなぁ」

千夏はなんでも割とすぐに理解できちゃう典型的な天才型なのに、宿題もしっかりやるし努力を惜しまない秀才型でもあるんだよな。

しかもインドア派なのに運動もそれなりに得意で、外見は黒髪ロングの清楚系美少女ときた。

「こんなパーフェクトな幼馴染がいるなんて、ほんと漫画みたいだよな」

そして俺はそんな完全無欠の幼馴染に対して、釣り合う努力を何もしてこなかったんだと今さらながらに再認識させられてしまう。

「っと、いつまでも千夏の部屋を見上げてないで早く家に入らないと」

でないと深夜にこっそり家から抜け出していたのが親にバレてしまう。

俺は物音を立てないように細心の注意を払って玄関の扉を閉め、忍び足で自分の部屋へと戻りながら、春香と千夏、二人の女の子のことを思い浮かべる。

春香のことをとても好ましく思っている俺がいた。

千夏のことをまだ未練がましく好きでいる俺もいる。

俺の心の矢印は、これからどちらに向かうんだろうか——


【千夏ＳＩＤＥ】


夜、私が自分の部屋で明日の学校の準備をしていると、部屋の窓から幼馴染の航平がそうっと家を出ていくのが見えた。

「こんな時間に外に出て行くなんてどうしたんだろ？」

その事がなぜか妙に気になってしまった私は、パジャマに上着を羽織ると航平の後をこっそりと追いかけることにした。

春休みの突然の告白と、高校に入ってからクラスが端と端で離れてしまったことで、最近の私は航平と少し距離ができてしまったように感じていた。

だから航平の普段と違った行動が余計に気にかかったのかもしれない。

見失わないかなと思ったものの、幸いなことに航平は家を出ると橋を渡ってすぐのところにある家の前で立ち止まった。

そしてしばらくして出てきた女の子と深夜の告白大会を始めたのだ。

私は電柱の陰に隠れてその一部始終を盗み見てしまった。

航平は少し前までとは打って変わって、自分で考えて、自分の気持ちに真剣に向き合っていた。

漫然と流されて生きていたかつての航平の姿はもうどこにもありはしなかった。

そんな幼馴染の航平の姿から、私はどうしても目が離せなかったのだ――。

思い返すのは一か月前、春休みに入ってすぐに航平から告白された時のことだ。

私は航平の告白を断った。

それはおおむね、異性としてではなく家族としてしか見れなかったからだったけど。

それと同時に、航平が自分の心と本気で向き合っていないと感じていたからだ。

好きだというのなら幼馴染というただ身近にいる異性じゃなくて、一人の女の子として見て欲しかった。

家族のような居て当たり前の関係じゃなくて、カッコつけたり素敵なところを見せてくれる一人の男の子として、私という女の子のことを本気で見て欲しかったのだ。

けれど告白を断った時、私は少なからず動揺してしまっていた。

そして航平を納得させないといけないと思って、思ってもいないようなことを言ってしまった。

『それに背は低いし、顔もパッとしないし、家ではいつもジャージだし』

『サッカー部は最後まで補欠だったし、あとちょっと子供っぽいし』

航平にこんなことを言うつもりはなかった。

たしかに航平は子供っぽいところはあるし、ちょっとヘタレな性格をしているけれど、だけどいつも一生懸命で諦めない頑張り屋さんの男の子だったから。

私はそんなまっすぐな航平がちっとも嫌いじゃなかったし、異性として好きとまではいかなくても、家族同然の幼馴染としてとても好ましくも思っていたのだから。

だけど突然の告白に動揺していた私は、こんな酷いことを言って航平を傷つけてしまったのだ。

その後はなるべく普通に振る舞って、今まで通りの幼馴染という関係に戻ろうとしたけれど。

私の心ない言葉で航平は深く傷ついていて、微妙な距離感が残ったままとても元の関係に戻ることはできないでいた。

だけど今、その心の傷を自分の力で乗り越えて、さらには自分の心と向き合って一歩を踏み出そうとした航平を見て、私の胸には小さなさざ波が立っていた。

それは今まで航平には感じたことがなかった、特別な感情で——

『お、おやすみ、こーへい。——って、ん？　あれ？』

『どうしたんだ？』

『えっと、誰か向こうにいたような気がしたんだけど——』

聞こえてきたその声に、過去の思い出に浸っていた私はハッと現実に戻ってくると、慌てて家へと取って返し、逃げるように自分の部屋へと戻ったのだった。

心臓がバクバクと高鳴っている。

走ったから？

ううん違う。

これはきっと。

この感情はきっと——きっと、恋だ。

【エピローグ】

■4月27日■

朝。

昨夜の春香とのやり取りで、ずっと抱えていた心のもやもやが完全にすっきりした俺は気持ちよく早起きをすると、最近ちょこちょこやり始めた朝のランニングへと出かけた。

家を出てすぐのところで、

「こーへい、おっはー」

「おはよう春香」

ピースケを散歩させている春香に遭遇する。

遭遇するっていうか。

「もしかしなくても俺が出てくるのを待ってたのか？」

「うん。って言っても五分くらいだけどね。いつも同じ時間に走るって言ってたから、前と同じこの時間くらいに待ってたら会えるかなって思って」

「もし俺が今日は走る気分じゃなかったらどうするつもりだったんだ？　別に毎日走ってるわけじゃないぞ？」

「学校があるから朝まで待ってればいつか出てくるでしょ？」

「くはっ……！」

その言葉はズバリ、昨日の夜に俺が春香に言ったカッコつけセリフであり。

昨夜のあれこれ――俺の気持ちを正直に告げたりとか、逆に春香に告白されたりとか。

あと特に最後のキ、キスとか――を思いだした俺は今更ながらに恥ずかしくなってしまって、自分でもわかるくらいに顔がカァッと火照ってきたんだけど。

「ううっ、なにこのセリフ恥ずかしすぎだし！　わたしこんな恥ずかしいこと言われてたの!?　しかも深夜に呼び出されてだよ？　こーへいのばーかばーか！　この女たらし！」

蒸し返してきた春香のほうが俺よりもはるかに顔を真っ赤にしていた。

そしてなぜか小学生みたいなノリで事実無根の非難を受けてしまう俺。

朝の住宅街でお互いに顔を赤らめたまま、しばらく無言で見つめ合ってから、

「た、立ってるだけじゃなんだし、ピースケを散歩させながら話さないか？」

「そ、そうだよね。ピースケの散歩に来たんだもんね！」

俺と春香はひとまず、さっきから早く散歩に行きたくて行きたくてしょうがなさそうなピースケを連れて、川沿いの道を歩くことにした。

「きょ、今日はいい天気だな」

「いい天気だよね」

「今日は雲が全然ないな」

「全然ないよね」

「……」

「……」

「か、風もないな」

「そ、そだね。極めて無風だよね」

深夜の告白大会をお互いに引きずっていたせいで、そんな感じで最初はかなりぎこちなかったものの。

「あ、ピースケそっちはダメだってば。通るのはこっちの大きい道ね」

「ピースケは相変わらず元気だなぁ」

「もう元気すぎて、すぐにいろんなとこに勝手に行こうとするんだもん、困っちゃうよ」

俺たちの微妙な空気なんて関係なく、あっちにフラフラこっちにワクワクするピースケという無垢な存在がいてくれたおかげもあって、俺と春香はいつの間にか今までみたいに自然と話せるようになっていた。

そしてこれまたすぐに、俺はあることに気が付いていた。

決して勘違いや思い違いじゃないと思う。

俺は意を決して春香に尋ねた。

「なんとなくその、今日は距離が近いような……」

俺と春香の肩や肘、手の甲が時々トンって感じて軽く触れ合うんだ。

そして春香と触れるたびに、俺は昨日の別れ際のキスの感触を思い出さずにはいられなかった。

触れ合う距離にいるんだから、ちょっとの勇気があれば春香と手をつなぐことだってできる。

そして俺を好きって言ってくれた春香はそれを嫌がらないだろう。

それどころか手をつないだほうが喜ぶんじゃないだろうか。

でも、だ。

改めて春香と手をつなぐって考えたら、なんだかものすごく恥ずかしくなってきたんだよ。

昨日の並々ならぬ決意はいったいどこに行ってしまったのか。

俺が昨日の今日で既に若干ヘタれてしまっていると、

「だって、距離を縮めてるんだもん……」

なんてことを春香が言ってくるんだよ。

ぼそぼそっと蚊の鳴くような小さな声でつぶやくんだ。

「そ、そうか……わざとだったか……」

「距離を縮めたらもしかしてこーへいが手を握ってくれたりするかなーって、ちょっと期待したりもしてたんだけど」

「それはその、ヘタレでごめんな……」

昨日の夜の俺は何でもできそうな気持ちでいたのに、一晩経つとこれだ。

人間なかなか変われないもんだなぁ……。

「ねぇ、こーへいはさ？」

「ん？」

「こーへいは、相沢さんとは手をつないだりしなかったの？　物心ついた頃からの幼馴染だったんだよね？」

昨日、千夏の話題を振られた俺が感情を爆発させてしまったからか。

春香がおずおずと、ちょっとだけ聞きにくそうに。

だけど勇気を振りしぼったように聞いてくる。

「千夏とはよくつないでたよ」

だから俺はその話題をしてももう全然問題ないんだよってことが伝わるように、ことさらに優しい口調を意識して言葉を返した。

「そっかぁ。やっぱり相沢さんは特別かぁ」

だけど俺の答えを聞いた春香はちょっとだけ残念そうだった。

んー、今のはそういう意味じゃないんだけどな。

「多分、春香が考えてることと逆だと思う」

「逆、って？」

「今日は距離が近いな、ちょっと手を伸ばしたら春香と手をつなげるかもって思ったらさ」

「思ったら？」

「なんか今までに感じたことがないような、恥ずかしさとか緊張がぶわって押し寄せてきて、変に春香のこと意識しちゃってさ」

「あ、うん……そうだったんだ」

「そしたら手をつなぐ勇気が出なかった。だから特別なのは春香のほうだって、その、思うんだけど」

それは千夏相手には、あまりに当たり前すぎて意識したことすらなかった感覚で。

そして春香と手をつなごうとしてできなくて、でもなぜか心がポカポカしてくるその感覚は決して嫌なものじゃなくて——。

「そっかぁ、うん、そうなんだ。わたしのほうが特別かぁ。えへへ、特別かぁ……じゃあ、はいっ！」

「ぁ——」

その瞬間、俺の右手が春香の左手にそっと軽く握られた。

手のひらから春香の体温がじんわりと優しく伝わってくる。

「せ、積極的だな……」

「だってこーへいがヘタレだから、これくらいしてやっとプラマイゼロだし！」

そんなイケイケで強気なことを言ってはいるものの、春香の顔はやっぱり恥ずかしさで真っ赤っかになってしまっている。

「顔が赤いぞ？」

「それは当然だし！　っていうかこーへいも真っ赤だし！」

「……だよな」

「あのね、こーへい。わたし決めたんだ。こーへいのこと絶対ゲットするって」

「ゲットするって俺はポケ○ンかよ……」

そういや春香はポケ○ンGOをやってるって言ってたっけか。

「もちろんわたしがこーへいにゲットされても全然オッケーなんだけどね？」

「お、おう……」

不意打ちのように、春香が可愛いすぎる上目づかいで見上げてくる。

それに否応なくドキッとさせられてしまった俺は、気の利いた言葉を返せないでいた。

変わろうと思ったけど、俺にはやっぱりそこまで急な一歩を踏み出せそうにはない……ほんとヘタレでごめんなさい。

「それでね？　心の距離を縮めるにはまず身体の距離を縮めないとだよね。そう思ったわたしは、積極的に半歩ほど距離を詰めてみたのでした」

今や春香の顔は耳まで真っ赤で、よほど恥ずかしいのか目が合わないように俺とは反対側の地面に視線を向けている。

だけどしっかりと手はつないだままだから、二人の距離は相変わらず近いままで。

恥ずかしいけど勇気を出してちょっとだけ頑張ってみました、っていう春香の雰囲気が、くっ、すごく可愛いんだよ！

なんだこいつ、マジで可愛すぎだろ。

今までも可愛い女の子だとは思っていたけど、もしこれが自分の心と向き合おうと決めたばかりのヘタレ男子じゃなければ、雰囲気に流されて抱きしめちゃったりするところだぞ!?

そして俺は——まだまだヘタレ男子の俺は、春香の手を少しだけ強く握り返したのだった。

「ん——っ」

俺の行動に気付いた春香の身体に一瞬ピクっと力が入ったのが、握った手のひらから伝わってくる。

まだ抱きしめたりとかはできないけれど、それでも春香の気持ちは伝わってるよって、俺の心にちゃんと届いているよって。

手を握り返すことで伝えようとする。

それが今の俺にできる最大限の答えだから。

「こーへい♪」

「な、なんだよ?」

「こーへいの手、あったかいね♪」

「春香の手もあったかいぞ」

「それにすごくおっきくて男の子らしいし」

「春香も小さくて、その……女の子らしい可愛い手をしてるな」

「えへへ、こーへいに褒められちゃったし。今日はいいことありそっ♪」

ピースケの散歩が終わって春香の家の前で別れるその瞬間まで。

春の終わりを告げる少し強い風に吹かれながら、俺と春香はずっと手をつないだままでいた。

《了》

【特別収録　ニアミス〜春香（中学生）SIDE〜】

中学二年の初夏。

夏の大会でのレギュラー獲りに向けて、わたしは部内で特に仲の良かった若宮明日菜《わかみやあすな》と秘密の特訓を行っていた。

我が家のすぐ目の前を流れる大きな川。

隣の中学校との学区の境目にもなっているその大きな川に敷設された「河川敷テニスコート」が特訓場所だ。

公営のこのコートは元々安い金額で借りられる上に、中学生以下はさらに半額になる。

近くて安い。

少ないお小遣いのやりくりに日々頭を悩ませる中学生アスリートには、まさにうってつけの練習場所だった。

でもここ、川側の防球ネットが腰の高さくらいまでしかないから、派手にミスショットしちゃうとそのボールは川にポチャンして諦めるしかないんだよね。

これは個人練習だから当然ボールも自費だ。

ボールをロストするとなけなしのお小遣いで買い直さないといけなくなる。

ま、ボールロストの危険と常に隣り合わせっていうのも、それはそれで特訓感が増してくるかも？


「えいやっ！」

わたしはボールを高くトスすると、明日菜が構えている敵陣コートへとサーブを打ち込んだ。

「春香ナイスサーブ！」

気持ちのいい声援とともに、コートの反対側にいた明日菜が山なりのレシーブでボールを返してくる。

「次行くよ、えいやっ！」

それを受け取ったわたしは、再び同じようにトスを上げるとサーブを打ち込んだ。

「春香またまたナイスサーブ！」

それを明日菜がまったく同じように声援とともに返してくる。

サーブ練習を合計で30本続けた後、わたしはネットを回って明日菜の下へと向かった。

「ねぇねぇ、今のどうだった？　わたし的には結構いい感じだったんだけど」

額の汗をタオルで軽く拭きながら、明日菜にレシーバー側から見た感想を尋ねる。

「フラットサーブはスピード出てたし、カットサーブは全然跳ねないから返すのがやっとだし。すごくいい感じだと思うよ」

「でしょでしょ？」

「ほんと最近の春香はサーブが冴え冴えだよね。特にカットサーブは校内戦で先輩たちが対戦したらびっくりするんじゃない？」

「去年からずっと地道にフォーム固定練習やってたのがやっと実った感じかなー」

「ネットの向こうから見ててもフォームが綺麗ですごく安定してるのがわかったもんね。がんばったね春香」

明日菜がキラリとウインクする。

おおぅ、さすが明日菜。

下級生の女子に人気なだけあって宝塚カッコいい。

「えへへ、ありがと。これで夏の大会のレギュラーも獲れちゃうかな？　三年生の先輩にも勝てちゃう？」

「それは春香のこれからの更なる努力次第かなぁ」

「おーい！　そこは嘘でも獲れるって言え～～！」

「ごめんね春香。でも私嘘は嫌いな性分だから」

「そんなこと言って、明日菜この前部活ずる休みしてたじゃん。親の体調がー、とか言って推しのCD買いに行ってたじゃん」

ずる休みの片棒を担がされたのは他でもないわたしだ。

『わたしも詳しくは聞いてませーん』って知らない振りして誤魔化すのが大変だったんだから。

「私は嘘は嫌いだけど、推しのためには嘘をつかないといけない時もあるの、およよ……」

「もう調子いいんだから」

「あははは！」

感想を言いながら明日菜と楽しくじゃれ合う。

ダブルスではコンビを組む明日菜とは、いつもこんな感じで楽しくやっていた。

「じゃあ次は明日菜のサーブの番ね。だいたい30本で交代で」

「オッケー！」

「でも川ポチャはだめだからね？　明日菜、時々信じられない方向に打ち上げるから」

「……それはボールに聞いて？」


それからしばらく、明日菜と交互にサーブ練習に精を出していたんだけど。

ペコン。

なんとも間抜けな音がして、よりにもよってわたしの打ったサーブがあらぬ方向に飛んでいってしまった。

疲労で腕の振りが鈍り始めたのが原因だ。

「あー、やっちゃったー！　ごめーん！」

「春香どんまーい！」

打ちあがったボールは河川敷の誰でも使えるフリーエリアにまで到達すると、さらに転々と転がっていく。

それでも川と逆方向だったのはラッキーだった。

草むらとかに入っちゃって見失う前に取りに行かなきゃ——と思いながら目で追うその先にちょうど、一人の男の子がいた。

わたしたちと同い年くらいの男の子が、こっちに背を向けてせっせと一人でリフティングの練習をしている。

見るからにぎこちない動作で正直あんまり上手じゃなかったけど、一心不乱に練習をする姿にはなんとなく好印象を持った。

「そこの方ー、すみませーん！　テニスボールを取ってもらっていいですかー！　適当に投げ返してもらえればぜんぜんオッケーなのでー！」

大声で呼びかけられた男の子はハッと気付いたように顔を上げると、リフティングを中断して軽く周囲を見渡す。

すぐにソフトテニスボールを見つけてくれた男の子は、ボールを拾い上げると一、二度ボールの感触を確かめるようにぎゅむぎゅむと握ってから無造作に投げた。

本当に無造作。

だけど完全に力の抜けた綺麗な投球フォームで投げられたボールは、わたしの胸元の一番キャッチしやすいところをめがけて飛んできたのだ。

わたしはたったの一歩も動かずに、軽く手を出しただけでそれをキャッチする。

「お届け物です」とでも言わんばかりに、ボールはピタリとわたしの手の中に収まっていた。

「すごい正確なコントロール……じゃないや。ボールありがとうございましたー！　とっても助かりましたー！」

大声で感謝を伝えたわたしに、男の子は軽く手を振って返すと、あまり上手じゃないリフティングを再開する。

その姿をなんとはなしに見つめていると、明日菜が小走りにやってきた。

「ねぇ春香、今の地味にちょっと凄くない？　春香一歩も動いてなかったのにピタッと胸元にボールが返ってきたよね？　まぐれ？　偶然？　たまたま？」

わたしと同じように、明日菜もさっきの一投げに驚いていたようだ。

「ううん、まぐれとかじゃないと思う。投球フォームがすごく綺麗だったから」

スポーツをやっていればなんとなくわかる、彼の投球動作は無駄のない流れるような動きだった。

「でも40メートルくらいあったでしょ？　それでこの精密なコントロールってことは、あの男の子は野球部だね間違いなく」

「リフティングしてるのに？」

「リフティングは趣味じゃないの？　あんまり上手じゃないし」

「ああうん、あんまり上手じゃないよね……」

スポーツをやっていなくても見た瞬間にわかる、彼のリフティングは素人よりちょっと上手な程度だった。

しかも左足をほとんど使っていない。

どれだけ左にボールが行っても、ほぼほぼ右足オンリーでリフティングしている。

左足ではまともにボールを蹴れないのであろうことは素人目にも見て取れた。

「ねぇ春香。あの男の子、同い年くらいだしせっかくだから声かけてみない？」

「ええっ!?」

「うちの学校の男子じゃないよね。川向こうの隣の中学校の子かな？」

「ちょっと明日菜、なに言ってるのよ」

「少し背は低いけど爽やかな感じだし、スポーツも好きそうだし。なんだか運命の出会いな気がしてきたかも……」

「はぁ……明日菜はほんとすぐそういうこと言うよね」

明日菜の口から飛び出た「運命の出会い」という言葉を聞いて、わたしはため息をついた。

「そう？」

「だいたい明日菜の運命の出会いって通算何回目よ？　この前だって練習試合を通りがかりに見てただけの人に同じこと言ってたじゃん」

「うぐっ……」

「それに今は秘密の特訓中でしょ。安いとはいえ、コートを借りるのにだってお金かかってるんだからね？」

なけなしのお小遣いからレンタル料を捻出してるんだから、しっかり元は取らなければ。

「はーい。ま、リフティングが趣味の野球部君よりも、今は夏の大会のレギュラー獲りだよね！」

「そうそう、目指せレギュラー！　がんば！　おー！」

「おー！」

気合を入れ直したわたしたちは、夏の大会に向けての秘密特訓を再開した。

そして気が付いた時にはリフティングを不格好に頑張る男の子はいなくなっていた。

とある休日の秘密特訓は、こうして特に何があるわけでもなく充実したまま幕を閉じた。

《特別収録　ニアミス〜春香（中学生）ＳＩＤＥ〜／了》

あとがき

読者の皆さま、初めましてこんにちは！

マナシロカナタと申します。

この度は、デビュー作となる『子犬を助けたらクラスで人気の美少女が俺だけ名前で呼び始めた。「もぅ、こーへいのえっち……」』を手に取っていただき誠にありがとうございました！

当作品は「第一回　一二三書房WEB小説大賞」にて「銀賞」を受賞した応募作を、書籍用に大幅改稿したものになります。

受賞時とはタイトルも一新し、五万字に及ぶ新規アオハルエピソードがこれでもかと追加された書籍版は、もはや別作品といっても過言ではないでしょう。

……きっと、多分。

春香という天真爛漫なヒロインと出会い、失恋の心の傷から少しずつ立ち直っていく主人公。春香の可愛さと、二人の不器用な恋物語を楽しんでいただければ嬉しく思います！

せっかくのデビュー作の後書きなので、受賞にまつわるお話でも。

受賞の理由はいくつかあったのですが、最後の決め手は「犬が出てくる」ことだったそうです。

そこから何がどうなって受賞に繋がったのかは長くなってしまうので省きますが、受賞連絡に際し、担当編集様から受賞するに至った理由を説明していただいた時に、最初何を言われているのか分からずに思わず聞き返してしまったのはいい思い出です。

ピースケ（春香の飼っている子犬）、ボクをデビューさせてくれたのはお前だったんだな……。

人生、何が転機になるかわからないものだなと、しみじみと実感しました。

これまでは生粋の猫派でしたが、今後の作品にはなるべく犬を登場させる所存でございます。

あ、これは選考における機密事項なので、ここだけの話にしてくださいね。

最後に謝辞を。

選考に関わられた全ての皆さま、多岐にわたってご指導いただいた担当編集様、可愛いイラストをたくさん描いていただいたうなさか先生。そして今まさにこの本を読んでいただいている読者の皆さまに、心より感謝申し上げます。

そしてＯＦＣのみんな。

今までいろいろと気を使わせちゃってごめんね。

ついにやったよ！

二〇二二年十月　マナシロカナタ

ブレイブ文庫

レベル1の最強賢者
~呪いで最下級魔法しか使えないけど、
神の勘違いで無限の魔力を手に入れ最強に~
著作者:木塚麻弥 イラスト: 水季
1~6巻好評発売中!
邪神の呪いでステータス固定の
チート賢者が誕生!!!
邪神によって異世界にハルトとして転生させられた西条遥人。転生の際、彼はチート能力を与えられるどころか、ステータスが初期値のまま固定される呪いをかけられてしまう。頑張っても成長できないことに一度は絶望するハルトだったが、どれだけ魔法を使ってもMPが10のまま固定、つまりMP10以下の魔法であればいくらでも使えることに気づく。ステータスが固定される呪いを利用して下級魔法を無限に組み合わせ、究極魔法らも強い下級魔法を使えるようになったハルトは、専属メイドのティナや、チート級な強さを持つ魔法学園のクラスメイトといっしょに楽しい学園生活を送りながら最強のレベル1を目指していく!
定価:760円(税抜)
©Kizuka Maya

ブレイブ文庫
どれだけ努力しても
万年レベル0の俺は追放された
～神の敵と呼ばれた少年は、社畜女神と出会って最強の力を手に入れる～
著者:蓮池タロウ　イラスト:そらモチ
一夜にして
レベル0が
世界最強に!?
1巻発売中！
どんなに頑張ってもレベルが上がらない冒険者の少年・ティント。【神の敵】と呼ばれる彼は、ついに所属していたパーティから追放されてしまうが、そんな彼のもとに女神エステルが現れる。エステル曰く、彼女のミスでティントは経験値を得られず、レベル0のままだったという。そのお詫びとして、今まで得られたはずの100倍の経験値を与えられ、ティントは一夜にして最強の冒険者となる！
定価：760円（税抜）
©hasuiketaro

BRAVENOVEL
ブレイブ文庫

子犬を助けたらクラスで人気の
美少女が俺だけ名前で呼び始めた。
「もぅ、こーへいのえっち……」1

2022年10月25日　初版第一刷発行

著　者　マナシロカナタ

発行人　山崎　篤

発行・発売　株式会社一二三書房
〒101-0003 東京都千代田区一ツ橋2-4-3
光文恒産ビル
03-3265-1881

印刷所　中央精版印刷株式会社

■作品の感想、ファンレターをお待ちしております。
■本書の不良・交換については、メールにてご連絡ください。
株式会社一二三書房　カスタマー担当
メールアドレス：store@hifumi.co.jp
■古書店で本書を購入されている場合はお取替えできません。

■価格はカバーに表示されています。
■本書は小説投稿サイト「小説家になろう」（https://syosetu.com/）
に掲載された作品を加筆修正し書籍化したものです。

ISBN 978-4-89199-874-5 C0193